엔딩과 랜딩
이원석 시집

문학동네시인선 173 이원석
엔딩과 랜딩

시인의 말

전자식 자연 관찰소에서 처음
한 줌의 양털을 받아왔을 때
그게 전기양으로 자라날 것이라고는 생각하지 못했어
처음으로 그게 네 다리로 일어섰을 때
조금 두렵기까지 했으니까
부드러운 양털을 쓰다듬으며 네가
흰 털이 피로 물들 때까지 부드러운 양털을 쓰다듬으며
네가
내 이름을 부를 때면 나는
목에 단 종을 흔들며 비뚤어진 웃음을 웃었지

나의 치욕은 나의 것일 뿐
파랗게 빛을 내는 질문지에 네 이름을 써

2022년 6월
이원석

차례

2부 왜 너는 썩지도 않을 물건에 마음을 주었을까

3부 사랑할수록 가슴을 찢는 이상한 방식

4부 Long Walk

5부 엔딩과 랜딩

1부

동생은 보았지 내가 잘못돼가는 것을

서로의 것이 아닌

B1 숲이 폐쇄된 건 얼마 전의 일이다
빽빽하게 자라 있던 구리관을 잘라내는 소리가
며칠 밤낮으로 들렸다
알면서 돌아누운 밤이면 쓰러지는 관들이 파이프오르간
처럼 울었다
관리인이 내게 와서 파이프를 들어내는 일을 해보지 않겠
냐고 했을 때 거절하지 않은 이유는 마지막으로 그곳에 가
보고 싶었던 것

벌목을 기다리는 밤은 느리고 집요했다
인부들은 무성하게 돋은 관들이 차례차례 기우는 방향으
로 한숨처럼 길게 휘는 바람소리를 들었다 구리관 위에서
담배를 태우면 아무 맛이 나지 않는다고 재를 떨구며 투덜
댔다 해본 적 없던 생각도 듣게 되면 그렇게 느껴졌다 그라
인더가 돌아가면 사방으로 불꽃이 튀었다
돌아누운 마음이 무너지는 마음에서, 무너지는 마음이 처
음의 마음에서 천천히 분리되는 게 보였다 당신은 여러 번
망설이고 번복했다 쓰러진 관들은 길게 흐르는 컨베이어 벨
트의 강을 따라 양쪽으로 멀어져갔다
단면은 빛이 났다
잘린 구리관을 들어올리는 일은
쓰러진 사람의 겨드랑이를 받쳐내듯 힘겨웠다
당신은 길 위에서 한 발자국도 움직이지 않겠다고

누워서 눈을 감았다
나는 웅크린 채로 전화를 끊고 울었다

인부들이 돌아간 후
B1 숲에서 길을 잃었다
관마다 채워진 기억이 쏟아져
기쁨이 쓰러지고 있었다
왜 기쁨은 낫지 않는가 덧칠해도 지워지지 않는가

아름다움 위로 모래알처럼 떨어지는 알곡들
얼마나 어두운 가지를 드리우게 될지 모르지
당신은 미래만 기다리며 무심하다
모든 게 망가지기 전까진
용감하게 몰각의 첫발을 내딛지
되돌아가는 법이 없지
그렇게 될 걸 알면서도 입술을 꽉 깨물지

꿰매봐야 별수없는 입을 벌린다
구슬을 가지고 노는 아이는
무심하다
흔들고 흔들어도 성이 차지 않는다
아직입니까?

이런 내가 좋다니
낡은 소파에 앉아 오랫동안 생각했어
내 얼굴은 몇 년에 걸쳐 장식처럼 켜진 TV의
조사*된 슬픔으로 점멸해
좋지도 싫지도 않다니
달면 삼키고 쓰면 뱉는다니
써도 뱉지 않고 내내 서로를 견딘다니

흙물이 튀는 길 끝단부터 물드는 의미
우리는 구리관에 물을 주며 만났다
당신은 무슨 일이 있냐고 물었고
나는 있는 슬픔이라고 대답한다
그건 어디에 있는 거지?
우리가 우리인 채로 그대로인

서로에게 고통을 주는 버튼을 가지게 됐을 때
우리는 웃었지 이걸 누가 누르냐고 누르겠냐고
똑같은 우리가 그럴 이유가 없으니까 하지만
손바닥에 검은 혀가 생겼다
처음 언쟁을 심하게 하다가 손바닥을 꼭 쥐었다
아픈 만큼 되돌려주고 싶었다
참을 수 없다며 버튼을 마구 눌러댔다
서로 멈추기만을 바랐다

내 손을 자르거나 당신이 떠나거나 둘 중에 하나였다 ―

쓰러진 관은 표정이 없다
이게 내 관이거나 네 관이거나

* 조사(照射): 광선이나 방사선 따위를 쬠.

―

로이의 미로

빈틈없이 조이고 가려던
로이가 F10-411에서 길을 잃었다
공중 도시에서 내려다보면 지상은 짓이겨놓은
케이크 같았다 마구잡이로 들어선 공동주택들은
해가 지면 조심스럽게 반짝였다 해가 갈수록
창문은 작아져만 갔고 사람들은 어둠에 익숙해졌다
밤에도 낮처럼 빛나는 공중 도시의 밑바닥엔
전선이 레일을 타고 이어졌고 레일은 터널을 따라 굽이
쳤다
하수관은 또다른 터널을 따라 이어지다가
지상으로 내용물을 게워냈다

조금씩 멀어지는 것
듀이는 친절했지만
매번 그럴 수는 없는지
공중 도시의 일은 처음이라 그를 의지했는데
첫 매듭에 성공했을 때 그와 기뻐하고 싶었는데

Why didn't you stop me?*
당신의 혼란을 이해해 나의 부족함도
손가락들이 더이상 내 말을 듣지 않을 때
결속선이 한 가닥씩 끊어지며 제 일을 잊을 때
전선들이 제각각 다른 꿈을 전송하기 시작할 때

듀이는 원망의 눈빛입니다
친절이 참을 수 없는 실망입니다
로이의 약함은 로이가
혼자서 감당할 절망입니다 로이가
칠백삼십 개의 결손을 처리하고 3급 사원이 되어
동료들과 술잔을 부딪칠 때
듀이는 반대편 외벽에 매달려
연락이 닿지 않았습니다
오래된 파이프에서 들려오는
듀이의 핸들 소리가
겁에 질려 뒤돌아본 로이의 귓가에
아주 작게 들렸을 뿐입니다

소리를 들었어
이봐 여길 보라구 우리가 던지는 술병이
저 아래 깜빡이는 불빛 속으로 사라지는 소리
유리처럼 부서지는 게 뭔지 똑똑히 봐두라구
바닥에 닿을 때
흩어지기 전에
겁에 질려 사방으로 도망치는 실금이
표정처럼 하얗게 번질 때

사람은 술병처럼 사라져
한두 병쯤 마셔도 비워도 던져도 떨어져도 흩어져도
다들 잘 지낸다고

Why did you stop me?
밤새 파일을 뒤져도 너는
반대편의 외벽에
밤새 외벽을 뒤져도 너의 이름은
파일에

서로의 손목을 잡는 결속으로
서로의 구원이 되고 싶었는데
왜 너는 나를 멈췄지?
왜 나를 멈추지 않았지?

* Mitski의 노래 제목.

물색 륙색

바느질을 할 때마다
검은 천에 한 땀씩 구멍을 낸다
지하방에서
지하방 부엌 한켠에서
바느질을 하고 있으면
자라지 않는 동생이 묻는다
그 많은 구멍이 뭐에 필요하냐고
곤두박질치기에 앞서
별이 뜬 커다란 밤하늘이 필요하다고
나는 말한다
동생은 보았지 내가 잘못돼가는 것을
한 번쯤은 얘기해줬으면 싶던 때에도
말하지 않았지 그런데 이제 와서
뭐가 필요하냐고 묻는다
곤두박질치기에 앞서
백 개도 넘는 별빛이 새는 밤하늘과
피도 눈물도 없는 바다
엄마가 방바닥을 두드리며 한숨을 쉴 때 출렁이는
아이의 속사정 같은 수면에
철썩하고 떨어질 물주머니를 만든다고
아무리 말해도 너는 모르지
그렇게 떨어지는 심정을

물주머니 속엔 쇠구슬
모로 누울 때마다 자라락 자락 소리를 내며
한쪽으로 부풀어오른다는 물주머니가
왜 필요한지 알 수가 없을 테지
그래도 바늘이 들어가지 않아 내가 용을 쓰면
동생은 내 손을 제 두 손으로 붙들고 울며
힘껏 민다 불며
그리고 륙색을 만든다
물주머니를 지고 갈 물색 륙색
줄을 당기면 성급한 주둥이를 오므리는 방수 재질의
륙색은 마음에서 꺼낸 심정을 따로 짊어져야 할
순명(順命)의 외피
마음에도 흉이 진다는 사실을 처음 알았을 때
흉부에서 마음을 꺼내 륙색에 담아 메고
내려놓지 못하는 심정이 되었을 때
되돌리고 싶었지 모든 걸
되돌리지 않을 무언가가 남아 있는지
가늠해보지도 않고
사람들은 륙색의 무게에 관심을 보이지만
륙색으로 옮겨가는 계량되지 않는 심정을 알아채진 못한다

손의 손들이 약속한다
다른 이의 심정을 다시 넣어주기로

나는 륙색을 붙들고 매달린다
륙색이 내 어깨에 매어달린 것처럼
떨어진 심정이 되려 나를 읽기 시작할 때
영원히 아니 유예될 만큼 유예되고 싶은
몸이 거부하고 싶은 만큼 거부할 때까지
악착같이 살아 있겠다고
살겠다고

내 이력은 달력은 일력은
곤두박질치기에 앞서
한 날 한 날 감소하는 수치를
센다 오르고 내리는 계단을 견디고
뛴다 다급하게 붙든다

Run to You*

충돌은 예고되었다
아마도 내일쯤이면 우리는
B1-811에 가닿겠지 이 년 전
처음 그 소행성을 발견했을 때
감염된 마음 조각 하나를 나는 휘트니라고 부른다
왜냐면 그 밤에 의자를 넘어뜨리고 바닥에서 울 때
의지할 곳이라곤 휘트니밖에 없었으므로
당신에게 그렇게 중요하다면 그곳에 머물러요
나는 지금도 뛰어가요 물위에 지어진 집으로요
반병을 비우고 돌아와요 반은 남겨둬요
오, 그렇게 아름다웠군요 여전히 고집하는 당신을 두고
정확한 지점에서 충돌할 것이다
몇몇 학자는 비껴갈 것이라고 공공연하게 비난했다
한 친구는 기괴하다는 조롱을 이야기 속에 심었다
왜 나는 아니야? 왜 기회도 갖지 못하고 제외되지?
허락된 목록을 읽어줘 떳떳하다면 날 칼로 찌르기라도 할
기세로구나 네가 쥐고 있지 않다면
던진 칼은 어쩔 수 없구나
소행성은 천천히 다가오며 고개를 돌린다
저 뒤쪽은 현재 아무도 본 적이 없는 표면입니다
뒤를 돌아보는 데 이 년이나 걸리는군요
결국은 뒤통수를 치게 된다는 말이지, 너는 짧게 웃는다
그러고도 마지막엔 널 사랑할 수 있을까

반만 맞고 반은 틀렸어요 아버지
이별은 멀어지는 것이 아니라 부딪히는 거야
마음이 산산이 부서지도록 마주 달리는 거지
더 사랑하는 사람이 비껴서지만
서로에게 그걸 기대하다가 결국 이 별은
사라지는 거지
충돌 직전 송신한다 휴스턴 휴스턴**
의자가 쓰러지고 바닥에서 울 때
부르던 이름이

우주 속으로 다시 흩어지도록 두자

* 휘트니 휴스턴의 노래 제목.
** 휴스턴(Houston), 미국 텍사스주 남동부에 있는 도시. 교외에
있는 미국 항공우주국(NASA)의 우주비행관제센터는 1969년 7월
인류 최초의 달 착륙에 성공한 아폴로 11호를 비롯한 우주선의 관
제소로 널리 알려져 있다.

OA*

빛이 있으라 하시매
내게 슬픈 빛이 돕니다
가벼움이 가벼움이지 않기 위해선
어둠을 드리울 수밖에 없나요

나를 보고 싶나요
그럼 부르세요

대신
흐르는 물에 혀를 담가요
그럴싸한 이야기를 하나 주세요
우선 작은 빵과 위선
찍어 먹을 눈물 그릇과 고인 못에 던질 쇠못 한 줌
검은 물감과 감은 눈 감은 머리칼
끝이 목을 겨누는 목걸이
줄이 꼬인 이어폰과 유스타키오관
모세혈관으로 번지는 너의 혈액과 불행
불면의 귀퉁이가 접힌 책 한 권을 주세요
쏟아지는 욕설과 함께 짓이기는 힘으로
부르세요 당신이 사랑했던 이름으로
그럼 달려갈게요

당신이 아무리 높아도

내가 올린 손이 당신이 내려뜨린 손에 닿으면
맞잡을 수 있었는데
당신이 손을 거두니
어떻게 해도 닿지를 않는군요

신은 숭배자를 사랑하지 않아
긍휼히 여길 뿐

넌 나와 무관하지만
네 눈이 짓무를 때
네가 내 혈육인 걸 알았어
내가 앞을 볼 수 없었으므로
그게 너라고 생각할게
내 옆구리에 손을 넣어보는 너를
나라고 생각할게
그럼 아프지 않으니까
내가 울음을 터트릴 때까지

난 네게 빚졌어
만날 순 없지만 떠날 수 있게 도와줄게
네가 말한 모든 걸
동판에 기록해뒀어 송곳으로 긁어
부식시켰어 손끝으로 읽을 수 있게

난 날 때부터 앞을 못 보진 않았어
커다란 유리 거울엔 나와 그애 둘뿐이었고
어떤 계절엔 거울에 갇혔는데
숨은 건지 갇힌 건지 알 수 없었어
어둠을 견디는 유일한 방법은
어둠보다 캄캄해지는 것
날 여기 남기기 위해
넌 눈을 빼앗았어
삼킨 눈이 천천히 네 뱃속을 내려갈 때
그제야 네 안을 볼 수 있었지만
네가 참지 못하고 깨물었을 때
우리가 망가진 채 삼켜진 거야

무게를 얻었어
너의 흔적들을 따라가다가 깨달았지
무거워지고 무거워지다가 발을 뗄 수 없을 때까지
입을 뗄 수 없을 때까지 혀를 깨물었어
너의 부재는 너의 훈육

내 눈을 돌려줘
나는 손을 내밀었지
너는 어둠 속에서 대답 없이 지켜봤어
내가 널 못 찾을 테니까

* 넷플릭스 오리지널 시리즈 드라마 제목.

스타워즈

P-97 행성에서 내가 쫓겨났을 때
한 번은 만나봐야겠다고 생각했습니다
원탁회의에선 이미 소문이 퍼질 대로 퍼졌고
그 모든 조치가 당신을 거치지 않고는 실행되지 않는다
는 것을
슬프게도 나는 알고 있습니다
몇 해 전 H-28
은하 카페에서 만났을 때
나는 당신과의 단독 면담을 신청했지만
당신은 제다이를 동행하고 나타났지요
제다이는 두건 속에 얼굴 그림자를 숨기고
소매에 광선 검과 혐오를 감추었습니다
굳이 감추지도 않았습니다
단지 기쁨을 되찾았다고 말하고 싶었을 뿐인데
당신은 나의 오랜 친구였지만
이젠 내 얘기에 인상을 찌푸리는
선량한 사람들과 함께합니다
당신이 있는 먼 은하와 내가 있던 이 건너편에선
오랜 기간 전쟁이 이어졌고
오랜 기간 우리는 친구 사이였습니다
한동안 당신이 내 평판을 닦아주었다고 들었습니다
슬프고 감사한 일입니다
이제 그런 부담에서도 벗어났다고 하니

그것 또한 다행한 일입니다
R2-D2*도 없는 밤에 당신은 잘 지내시는지요
한 번은 만나봐야겠다고 생각했습니다

넌 날 사랑하지도 않았잖아

* 영화 〈스타워즈〉에 나오는 작은 반려 로봇.

바닥의 맹점

거짓말이야
거짓말이야

알 수 없어서
알 수 없어서
난 거짓말이라고 한다

실내 기온이 1도 떨어지고
창밖에선 보일러가 점화되고
불꽃이 인다 갇힌 상자에서
창도 없이 닫힌 방에서 붉은
물을 데우고 물은 파이프를 돈다
차분히 콘크리트 바닥에 몸을 식히고 다시 돌아오면
기다리는 건 네가 약속하고 마련했던 불

구덩이 속에서 너는 몰래 시험을 한다
볼펜으로 끝없이 쪼아서 구덩이를 파던 나는
고개를 들어 너의 눈치를 살핀다
빠르게 답안을 적어본다
고쳐쓰고 다시 적는다

알 수 없어서
알 수 없어서

일요일 아침에 눈을 뜨면 울고 있다
나는 고막이 물에 잠겼다고 말한다
돌아가서 네가 건넨 위로의 말을 적어두려고
꿈을 꾼다 작은 방에 누워 귀를 기울이면
물이 흐른다
몇 번을 반복해도 실패한다 분명히
사실 나는 듣지 못했다

시소

빨리 여름이 왔으면 좋겠어
겨울은 무장한 채로 슬프거나 힘들었으니까
숨은 듯이 창을 닫고
찬물에 발을 담그는 기분으로 책상에 앉아 있을 필요는
없을 테니까

여름이 오면 한적한 거리를 천천히 걸어도 될 거야
값싼 티셔츠를 세 개 살 거야
글씨가 없고 사람 얼굴이 없는 것
내가 배운 원칙
검은색, 혹은 더 검은색으로

아무도 없는 놀이터 시소 위에
종이컵에 담긴 커피와 다시 읽은 책을 놓아두고
천천히 기우는 양팔 저울을 생각하며
발을 구를 거야

그때는 소서쯤일 거야
받쳐놓은 것들이 모조리 깨져버린 오후에
창을 열고 잔에 술을 채워야지
손을 잡아달라는 게 아니잖아
서로의 목소리가 들릴 만한 거리에 흔적없이
남아 있자 가끔은

고쳐쓴 일기를 바꿔 읽으며
악의 없는 핀잔을 하자

기운다는 것은 쏟아질 준비가 되었다는 것
종이컵에 담긴 커피가
난간 아래를 천천히 내려다본다
처음부터 다시 읽은 책은 각오가 되었다는 듯
흉내낼 수 없는 억양으로 펄럭이며
위치를 가늠하다 돌아눕는다

당신이 원하는 2급 자격증을 따기 위해
노력했어요

네가 일어서버린 순간
내가 낙하하는 순간

검은 비닐봉지

검지와 중지에 걸린
비닐봉지가 천천히 흔들린다
심부름을 가던 중이었는데
사방이 어두워진다
콧노래 소리가 미세하게 떨리고
아까 여기서 고무줄을 넘던 아이들
어디 갔지 끊어진 고무줄 조각과
멀리서 사그라지는 웃음소리만

신은
내가 실수하기를 기다리며 지켜보다가
뒤에서 검은 비닐봉지를 씌웠다
사방이 어두워진다

너는 바람에 날리던 비닐봉지가 우연히
내 머리를 덮쳤다고 이야기하고 싶은 거지

살고 싶다는 뜻이 아니야 죽기 싫어

아이들은
사람이 없는 골목에서 휙 하고 날아오는
검은 비닐봉지 노래를 지어 부른다

너는 내가 사람 없는 어두운 골목을 혼자
들어선 것이 문제라고 이야기하고 싶은 거지

죽고 싶다는 뜻이 아니야 살기 싫어
이따위
검은 비닐봉지는 부끄러움을 모른다
끝까지 가지 않을 거야
그건 신도 마찬가지
내가 가지 않을 것이므로

얼굴에서 자란 손가락이 비닐을 찢는다
한 조각도 남기지 않을 것이다

로이가 로이에게

당신이 나를 만들었습니다
파이프렌치를 사랑하게 됐을 때
양철 대야에 손을 씻기고
렌즈가 반짝일 때
그건 눈물이라고 당신이 가르쳤지요

그래요 갑시다
늦은 밤 가볍게 맥주 한잔을 하고
근처 영화관에서 달이 나오는 영화를 봅시다
거실은 추억을 불러일으키는
낡은 물건들로 채웁시다
벽에 선 세로선이 보기 싫으니
바래지 않는 흰 종이를 가로로 바릅시다

로이가 로이를 만들었을 때 떠올린 것은
가장 일치하는 로이로 하나가 되는 것
같은 규격의 나사를 씁니다 같은 크기의 기판에
같은 마음을 꽂습니다 잘못 이어진 전선은
그대로 둡니다 잘못은 그대로 전해집니다
같이 틀리고 같이 잘못하여 같은 곳에 도착합시다
로이는 서로의 다른 점이 맞물려 하나의 온전한 외곽을
이루는
그런 사랑을 원하였으나

이가 맞물리지 못하면 서로를 물게 된다는 것을
어렵게 깨달은 후에
로이를 만들었다 가장 일치하는 부속들로 이루어진
로이를 로이는 사랑했다

너의 눈이 나를 지켜보고 있을 때
눈동자처럼 나를 보호하겠다던 신이
내 눈을 찌를 때

당신을 모방하는 로이를
당신은 사랑하지 않는군요
로이는 당신을 따라하기에 여념이 없습니다
다를 겨를이 없는데 나의 고백은 다름이 아니오라
당신을 모조합니다 일생에 걸쳐
천천히 인쇄되는 문서를
당신은 반려합니다
사실은 한 번도 마음에 든 적이 없다는 사실이
도착합니다
당신이 빛이 있으라 하시매
빛이 있으나 한쪽은 더욱 캄캄합니다

밝혀진 바에 따르면

진창에 빠지니 박수 소리가 쏟아지고
약속한 사람은 오지 않는다
내가 약속한 곳이 이곳이 아닌 까닭이다
나는 서둘러 이곳을 빠져나가 장담하던 그곳으로 가려 하지만
그사이 새도 울고 해도 지고 긴긴밤은 꼴딱꼴딱 넘어가버려
진창에 발을 담그고 사랑을 증명하듯 기다린다
너는 좋지도 않고 기쁨도 없는 언덕을 혼자 넘는다
공중 도시에 왜 흙바닥이 필요하지
차고 넘치는 자들은 진창도 추억이라서
흙을 덮고 참을성 있게 물을 뿌린다
거기에 빠지는 이들은 무릅쓴 사람들뿐이다
발이 빠져야 하는 이유 따윈 알려고 들지 않는다

네가 물었지
뭐가 중요하냐고

내가 채 말하기도 전에 너는 더 중요한 곳으로 가고
나는 진창에서 엉망과 함께 너를 기다린다
희망이 엉망이 되기까지는 오랜 시간이 걸리지 않았다
웃지 말렴 내가 자란 시대에는 앉는 법이 없었단다
널 위해 내내 서 있기라도 하듯

다시 널 위해 내내 앉아서 울듯

우린 다른 모든 걸 제쳐두고 슬픈 걸 쓰기로 했지

2부

왜 너는 썩지도 않을 물건에 마음을 주었을까

우주 밤

"넌 왜 이 좋은 나를 가질 줄 모르지?"

컨테이너 안은 어둡다
익숙한 어둠 속에선
빛을 추억하는 것만으로도 볼 수 있다
로이는 왼쪽 철제 선반에 스패너를 내려놓는다
오늘은 볼트를 천사백 개밖에 못 조였어
H빔은 끝도 없이 이어져 있지
이천 개 이상을 조여야 할당량을 채우는 거야
내일을 생각하면 잠이 오는 날이 드물어
하지만 그전에 맥주 한 병을 마시고
우주 밤*을 하고 잘 거야
왜 꿈을 꾸지? 맘에 드는 현실 따위는 없으니까
우주 밤은 무슨 꿈을 꾸게 하지?
어떤 사람은 죽기 전에 이미 생이 끝나서
도돌이표처럼 인생을 살고 싶어해
볼트를 조이는 것보다 나은 일이라면 뭐든 꾸고 싶다고
설정 따위는 그만두고 다이얼을 돌려
아무 날에나 가닿자고

그날 테이블을 사이에 두고
서로의 손익을 하나하나 비난하듯 복기해갈 때
나는 집요하게 물었지 지나간 시간의 의미에 대해

그런 생각인 줄도 모르고
너는 아끼는 것들을 허물겠다는 생각을 가졌다는 것인데
내가 원하는 건 그런 것은 아니었다고 미처 얘기하진 못
했지
마지막까지 내가 원하는 마음들은
가질 이유도 여유도 없었던 것이니 기쁨이 모두 사그라
지기 전에
지구의 거리를 가져도 좋아
그날 한꺼번에 다 쏟아져내렸던 것일까
주워 담기엔 늦었던 것 그건 우리의 잘못도 아니었고
그 말들을 어떻게 했는지 기억이 나질 않아
의심 없이 쓰레기통에 버렸던가 모아뒀지만
우리 눈을 피해 하나씩 사라졌나

네 손에 쥐여준 날, 왜 쓸 줄 모르지?

그 숲은 어둡지만
해가 잘 드는 구석이 있고
거기에 버려진 나무의자가 하나 있는데
해가 금세 기울었다

시가 노래라면 여우의 발을 왜 숨겨야 하지
등을 쓰다듬는 입술은 공포를 모르지

내가 전부가 아니야

우주 밤은 기억을 재생해
밤마다 시간을 다시 살아
저장된 기억이 부분적이고 뒤죽박죽이라
어떤 날은 시 같고 어떤 날은 악몽 같지만
허락된 인생의 절반을 이미 살았다면
이제 지난 삶을 관람하는 것만으로도
남은 생을 모두 살 수가 있는데
이것마저 돈이 들어서 매일 공중 도시의 교각을 타며
이천 개씩 볼트를 조여야 해

올 거지?
응, 전쟁이 나도.
심하게 싸운 뒤에도 너는 점령군처럼
당당히 왔다 나는 함락당해 기뻐한다
닿아도 돼?
이런 거 묻지 않았잖아
응 근데 오늘은
물어야 할 것 같아서

볼트를 하나 조일 때마다
우주 밤에서 재생할 기억을 가다듬는다

더욱 생생한 영상을 위해서 그날 입었던 옷 색깔
주고받았던 대화의 단어 하나하나를 복기한다
원하는 꿈을 꾸기 위해 노력하듯
기억을 윤색한다 내 잘못이니까
전쟁이 나도

공중 도시 긴 교각의 H빔을 조일 때
균형을 위해 양쪽에서 마주보며 조여와야 하는데
그런 작업을 할 때마다 하루에 딱 한 번 마주치는 순간

할당량을 채우지 못하는 날이 늘어났다

　─작업 패턴 분석: 1/2 지점에서의 지체 현상을 해결 바람
　─주의: 할당량을 채우지 못하면 미달한 양에 상관없이
지급액의 40%를 삭감한다

남의 기억에 접속한다고?
무슨 의미를 찾을 수 있지?
색다른 재미를 위해서라면 그러고 싶지 않아
아니 누군가 되고 싶을 때
난 네가 되고 싶은데
마주 온다고 모두 만나지는 것은 아니니까

접속 유도 버튼과 재생 버튼을 동시에 누른 상태에서
다이얼을 좌우로 빠르게 반복해서 돌리면
기준점 근처의 기억이 훼손된다
이 방법은 격분한 이용자로부터 우연히 발견되었지만
몇 개월 만에 다수의 이용자가
자신의 기억 일부를 지우는 데 성공했다

삼 년에 걸친 보수 작업이 채 만료되기도 전에
끝에서 두번째 교각에서 다시 마주쳤을 때
너는 나를 알아보지 못했다

지우고 싶은 기억이 있어
너는 그 기억에 너무 가까이 붙어 있어
너까지 훼손될까봐 두려워
네게 좋은 사람이 될게

교각 위에서 볼트를 조이다 스패너를 놓치면
어둠 속 단 한 번 반짝임으로 사라진다
볼트와 너트는 끝이 없어
먼 항로를 돌아오는 별처럼 다시 교차하는 순간에
스패너를 놓고 손을 내밀어야지
니켈처럼 너는 빛나고
두 손이 모두 타는 기억을 아로새기자

* 2039년, S사에서 개발한 기억 재생 장치. 2042년, 정부는 우주 밤의 미성년 사용을 금지했다. 삼 년간의 베타 테스트 후 유료화되며 전 세계적으로 수많은 폭동이 일어났다. 테스트 초기, 논란이 되었던 기억 조작 의혹은 단순한 기기 조작 오류로 밝혀졌으나 의도적 오작동으로 기억을 훼손하는 사용자들은 점점 늘어났다.

당신만의 것

"넌, 같던 나와 왜 같지 않지?"

로이는 몇 해 전 로이를 만났다

그건 로이라고밖에 할 수 없는 로이

이를테면 옆 차나 기둥에 내 쪽을 바짝 붙이고 내리는 방식

로이가 눈치 못 채고 걸어가는 뒷모습에도 기뻐해 내가 로이니까

로이가 원하는 건 로이가 로이를 로이같이 대하는 것

로이는 로이의 음악을 듣고 로이의 책을 읽고 로이의 영화를 보고 로이의 마음대로 마음먹어

그것이 지구의 거리에서

한 뼘을 겨우 줄이는 것이라고 할지라도

언젠간 월식처럼 겹칠 테니까

그가 로이인 걸 어떻게 알지?

로이가 기쁜 게 기쁘니까 로이대로 살고 싶으니까

아니라면 어떻게 그래

로이가 나 같았는지 내가 로이 같았는지 기억나진 않지만

식의 계절*이 오면 로이의 그림자가 나를 잠식하겠지

우리는 완전히 겹쳐져서 사라질 거야

달이 기쁨으로 자신의 빛을 잃듯

그때는 태양도 지구와 달 사이를 비추지 못하지

음영으로 완성되는 빛, 완전히 사라질 거야

고가도로엔 눈이 왔어
로이는 로이를 맞을 준비로 부산했지
그날 고가도로엔 단 한 대의 차도 지나가지 않았어
그건 어찌 보면 마법 같은 일이고 일견 당연했지
저멀리서 로이가 천천히 걸어올 때 로이의 표정을
로이는 알 수가 없었을 테지만 분명한 건
내 천체가 가려진 거야 천천히 드리운 붉은 천처럼
로이가 노래를 부른다 주문처럼 반복한다 눈이 마주치고
실현되는 마법 로이가 노래를 부르고 나란히 앉는다
네가 멈추면 내가 옆으로 갈 거야 내가 멈추면 네가 와줘

그런데 그런 너는 이제 왜 다르지?
다른 너와는 왜 겹치지 못하지?

잠들기 위해 몸을 웅크리듯
너는 지쳐 있지 이해하던 많은 것이
의문처럼 흔적을 남겨
되짚기엔 따갑고 아프구나 어리석구나
생각이 없어질 때까지 생각을 거듭하다가

기쁨이 식어 구멍을 내지

구멍이 패어 불운이 고이지 넌 위대하고 아름다워
시저처럼 깃발을 꽂아 나는 몸을 뒤틀며 웃어
주장하고 싶지 않아 내가 네 뜻대로 살도록 내버려둬

특별이 이별의 빌미가 되는 거야
네가 그러지는 않았으면 좋겠어, 로이
물질에 초연한 사람이 가난 때문에
침착하던 마음이 집착 때문에 버림받지
말을 멈출 수가 없구나 로이, 넌 그 입 때문에 헤어질 거야

로이, 기쁘지 않아? 로이, 왜 기쁘지 않지? 로이, 난 기쁨
에 집착하게 됐어

닥쳐, 로이

로이는 변했다고 생각하는 로이와 변하게 만들었다는 로
이로 구성된다

로이, 손을 놓지 마
서로의 손목을 맞잡는 방식을 연습했잖아
하지만 손상이 올 때까지 원하는지 알고 싶어

그만 놔줘 로이, 그만하면 됐어

나를 가장 꽉 끌어안았다고 기억할게

아니, 네가 가장 꽉 끌어안았던 사람으로 기억해줘

닥쳐, 로이

* 백도와 황도가 교차하는 교점이 두 개 있는데, 이 교점 근처에
태양이 있을 때 일식과 월식이 일어난다. 그러한 때를 "식의 계절
(eclipse season)"이라 부른다.

경로를 잃어버린 통로와 불가피한 레시피

요리를 시작해
냄비에 몇 가지 재료
볼트와 너트와
혹은 볼트와 너트의 대리물을 넣고
쇠 주걱으로 저어서 곤죽이 될 때까지
젓고 또 저으며 시작하는 요리가 있다
그것은 다진 쇠맛이 나는
짜기만 한 수프의 레시피
아직까지 완성된 요리를 맛본 사람은 없다
메인 재료인 볼트와 너트 외에
몇 가지 부수적인 재료들을 적어보자

깃털 습자지 검은 깃털 모조지 까마귀의 윤기나는 눈알
미농지
떠나는 비행기 젖은 갱지 키스 큰 구름 루마니아 딱딱한
마분지
먼저 물어보는 순간 답을 얻을 수 없는 질문들
듣고 싶지만 유예되는 물음들 혀와 귀와 혀 형식적인 말
반만 잘려오는 대답과 홀로 선 단어들 허물어지는 밑
황급히 잡아보는 손 선 경계 거리감 갇힌 귓속 통증

묻는 것
묻지 않은 것

그다음은

빛 은빛과 운 빛 빛의 꼬리 눈빛 눈물 안약 알약

네가 말한 대로 떠들기 좋아하는 내가 입을 다물어야지

클립과 압정이 사이좋게 입안을 찌르도록 물고 있어야지

삼키기 어려운 말들 알약들 찌르는 말과 멀리 돌아오는 말

　서방정 천천히 귀를 잠식하는 물 가득찬 방 캡슐 흔들리

는 알갱이 600개 그리고 반 개 반의반 개

　천천히 녹고 싶어 미루고 미루다가 잔류하고 싶어 네 뱃

속에

　손등까지 물을 부은 후 손을 빼지 말고 끓이세요 식후 30분

같은 말은 잊어버리세요 한 번 다시 한번 그리고 또 한번

그리고

목 목소리 손목 살 서서히 번지는 피로

무겁게 녹아드는 몸 침대에 종이노끈

철사로 뼈대를 만들고 노끈을 촘촘히 감는다

그 위에 찰흙을 입히는 일 너무 늦은 양감

아무리 덧입혀도 노끈이 채 가려지지 않아

상쇄되는 일이라면 어려울 것도 없지

찰흙으로 노끈을 노끈으로 철사를 어림없지

이물질 이질감 이물감 이를 물고 긋는 손

횡단보도에서 만난 손 끝에 맺힌 핏방울 다문 입

몇 번을 스쳐지나갔겠지 묻지 않았겠지
아문 상처 다문 입 감은 눈
감은 상처 아문 입 다만 바라보는 눈과 눈

생각했지
내겐 답이 없는데 흙더미처럼 밀려들어오는 기대
진짜 원했던 것 하지만 가늠할 수 없는 질감의 불행
사방이 벽 그게 본질 창과 문 사이를 왕복하는 진자
문 앞에서 와들와들 떨며 손잡이에 매달려 등을 겨눈 용
기에
문고리를 당기면 쏟아져내리는 흙더미 넥타이 옷걸이 문
고리
하지만 명단을 짚어나가며 의욕을 stainless steel 철의 최
대 결점인 내식성의 부족을 개선한 knife 의혹을 흙더미 속
에서 수영을 쟁기 같은 손날로 사악사악 흙을 가르자

못참아못참아못참아못참아못 참아못참아못참아못참아못
참아
못참아못 참아못 참아 못참아못 참아 못참아 차마 꼭 상을
엎고 엎지르고 엎드러지고 없앤 다음 반드시

모두 넣는다
남김없이 녹을 때까지

간단하지

십오 년이 지나고
한 그릇 먹겠다고
완성한 대단한 수프 구경이나 해보자고
거실에 북적이던 사람들 흩어지고
주방을 가끔 들러 너흰 잘할 거라며 덕담하던 이웃들과
옆에서 응원하던 친구들도 떠나버리고 나면
숟가락이 모두 닿아 닳아 손가락이 졸아들 때까지
젓고 또 졌지만 여전히
생생하게 빛나는 쇳조각들
냄비 바닥에 선연하게 깔린 저
파렴치 녹을 줄 모르는

대신 녹아버린 손을 들고
결국 이렇네 하고 아무렇지 않은 듯
웃어버리는 얼굴은 보고 싶지 않다고
너는 수년 전에 말했는데
넣지 않고는 견딜 수 없는 문장 물방울
빠진 단어
카드의 뒷장처럼 떨어지지 않는
떨어지며 어는 말들

대리물의

대리물 같은 것
　　오랫동안 생각하고 다시 오랫동안 생각하지 않으려고 애
쓴 생각
　　진작에 지금처럼이었다면 돌아보지 않았을
　　마음이 돌아선 것
　　목 주위가 눌린 듯이
　　물어도 대답해주지 않았지 그건

　　그건 질문이 아니라 비난이야 검고 무거운 것이 벨벳의
냄새처럼
　　그들 사이로 떨어졌다*

* 앤 카슨, 『빨강의 자서전』, 민승남 옮김, 한겨레출판, 2016, 67쪽.

리부트

어둠 속에 누워
손상된 파일을 복구한다 화면과 화면이 겹쳐져
욕망인지 희망인지 혓바늘인지 찔린 맹점인지
검은 씨앗을 떨구며 당겨올 시간처럼 불분명했지만
흰 점이 작은 짐승의 맥박처럼 뛰는 것을 발견하고는
오래도록 손가락 끝으로 누르고 있다 눈에서 흐른 구리
눈물이
가로줄과 세로선 사이에 엉켜 있어 내 침상의 앙금들
눈감은 후각과 미각이 손바닥 뒤집듯 교차하는 수치와
다문 이가 소문을 견디지 못하고 녹을 때
녹아서 아래로 전선을 드리울 때 땅에 묻힐 때
모두 처분하기엔 망설여지는 시간들

주제도 모르고 기판에 이것저것 꽂았어 계통 없이
그건 열렬함 아니 절박과 두려움
모든 걸 감당하리라고 떨리는 손을 펼쳐 보이며
한쪽 얼굴만으로 웃었지 뒤돌아선 손톱을 물어뜯으며
친절함과 규칙, 냉정과 광란을 한곳에 모아놓은
용기 그리고 어리석음이지 입안 가득 쓸어넣은 클립과
압정
침이 고여 알고도 발을 내딛는 건 또 얼마나
부풀어오른 자만인지 호환이 된다면 기적이야 맞아
그것 자체가 오류투성이 기회야

덮어씌웠어 오래도록

정보값 위에 정보값 위에 정보값을 촘촘히

흔적도 없이 두터운 새 정보의 이불을 덮고 오래 잠들도록

아무도 깨우지 않는 파일 속의 파일 속에 파일명을 써두고

잊었지 자르고 싶은 혀가 목구멍을 뚫고 새어나올 때

아무것도 복원되지 않기를 바라는 명령어를 뒷마당에 심
었어

절박하게

쇳가루처럼 떨어지는 기억

한쪽으로 빗질하듯 누웠다가 자기장의 방향으로

쏠려 일어나는 통각

각을 뜨듯 몸서리치는 시간

같은 통증의 파일이 존재합니다

확실한가요?

덮어쓰기를 실행할까요?

파일을찾을수없습니다파일을찾을수없습니다파일을찾을
수없습니다파일을찾을수없습니다파일을찾을수없습니다파
일을찾을수없습니다파일을찾을수없습니다파일을찾을수없
습니다파일을찾을수없습니다파일을찾을수없습니다파일을
찾을수없습니다파일을찾을수없습니다파일을찾을수없기를
파일을찾을수없습니다파일을찾을수없습니다파일을찾을수
없습니다파일을찾을수없습니다파일을찾을수없습니다파일

을찾을수

임시 파일 형태로 저장됩니다

자기장 위의 발굽소리*

금속 현을 퉁기는 소리
거대한 손은 반죽을 주무르다
뒷주머니에서 작은 나이프를 꺼내
위에서부터 똑바로 내려그었다
한쪽은 왼편으로 다른 한쪽은 오른편으로
길게 떨어져내린다

하나를 조각내 떨굴 때마다
조각들이 내리막에서 작은 요철을 거치며
어떤 것은 한나절이면 만날 지척에
어떤 것은 십 년이 걸릴 먼 거리에 나뉘어 떨어지기도 한다

원래 얼굴은 하나였다가 나뉠 때 생긴
절단면이래
나의 B, 그리고 非
절반으로 나뉘는 형상
원래 눈은 머리 안쪽에서 서로를 맞대고 있었대
하나일 때는
서로의 안을 보는 것만으로도 충분했대
서로를 읽으며 기뻤대 밖이 궁금하지 않았대
너는 번지지 않는 글씨
손끝으로 만져지는 뒷장의 압흔
입은 말할 필요가 없었대 맞닿은 입술은

움직이는 순간 무슨 말을 하려는지 알았대

얼굴은
원래 하나였던 나머지를 찾기 위해
키스를 시작했대 끌리는 사람에게 다가가서
입을 맞춘대
키스와 키스와 키스 끝에 얼굴은
자신과 하나였던 얼굴을 만나기도 한대
얼굴은 그걸 거울이라고 부르고 그 시간이 영원하길 바
란대
하지만 너는 기억하지 못해

키스와 키스와 키스 끝에 얼굴은
자신과 하나였다고 착각한 다른 얼굴을 만나기도 한대
그리고 길고 오래 떨어지는 철회의 시를 쓰지

손아귀에 힘이 풀릴 때까지 난간을 잡고 있었어
안인지 밖인지는 중요하지 않지
물리적인 힘이 빠져나가도
떠나길 원치 않으면
놓지 않을 수 있다는 관념
만져지지 않는 것이 마른 뼈처럼 드러나 있다는
생각 틀림없을 필요조차 없다고 끼워둔 클립

하지만
시작하기도 전에 네가 먼저 시도했던 철회
어떤 과거를 선택할까 세 번이나 얘기했던 너의 분노에
대해
아니면 한 번도 얘기하지 않은 나의 수치에 대해
네게 물었을 때 귀찮은 듯 대답해버린 중요한 문제
혹은 별것 아닌 것

손을 놓으면 너와 집 전체가 내게서 떨어져나가
멀고 깊은 하늘로 추락한다

하고 싶은 말이 있어
네가 오려면 몇 가지 장치가 필요하지
믿을 만한 친구에게 부탁을 하자
네가 들어설 때 표정을 잊지 않을게
작게 달싹일 입술을 위해 고개를 숙여줘
한동안은 아무 말이 없을지 몰라
무슨 말을 먼저 해야 할지 목이 멜지
넌 잠시 고개를 들어야 하겠지 내가 머뭇거리는 동안
시간을 아껴야 해 가장 먼저
괜찮다고 웃으며 아니
아무도 놀라지 않을 단어를 골라

그리고
하지 않으면 후회할 말을 하지
묻지 않고 묻어둘 말을 묻지
모르는 얼굴과 아는 얼굴들

키스와 키스와 키스 끝에 얼굴은
다른 얼굴을 사랑해
한 페이지를 찢으면 모든 페이지가 바뀌지
펜을 들어 얼굴 위에 하나씩 적어가
초원을 달리는 발굽의 소리
남겨진 흔적과 눌린 풀들 숨어서 우는 작은 숨
숨에 걸려넘어지는 발굽과 옆으로 누운 눈

이파리 하나를 그리기 위해 모든 풍경을 포기해야 한다**

약속을 어기는 것은 씨앗을 심는 거야
말도 안 돼 그게 왜?
언젠가는 상대가 약속을 어기는 모종이 될 테니까
되갚아주겠다는 거야?
아니, 씨앗은 자란다는 거지

그것은 오지 않을 희미한 기억

——— 창가 낡은 나무 테이블

흰 접시 위에 케이크 한 조각

작은 포크를 든 g는 조심스레 케이크를 잘라내 입에 넣

는다

미룰 수 있는 시간까지 오래 기다린 후에

다시 포크를 들어 작게 케이크를 잘라낸다

남은 시간이 여러 등분으로 나뉜다

이틀 후에

혹은 보름 후에

매일인 것처럼 매시간인 것처럼

g는 테이블에 앉아 손상되지 않은 기억

그대로인 케이크를 자른다

포크가 조심스레 잘라낸 작은 조각을 입에 물고

창가를 오래 바라본다

혀에 시간이 작은 알갱이로 머문다

아주 조금만 갖는 것이

더 오래 가질 수 있는 것

케이크가 절반이 남았을 때

g는 이전의 절반만큼만 포크로 떼어내

이전보다 더 오래 맛본다

다시 절반이 남는다면

더 작은 조각으로 나눌 것이다

절반과 절반이 더 가질 수 없는 절반으로 나뉘고

———

결국 더 나눌 수 없는 조각 하나가 흰 접시 위에 남은 날 ⸺
g는 포크를 들고 케이크를 끝없이 바라볼 것이다
나무 테이블은 흰 접시를
흰 접시는 나눌 수 없는 한 조각의 케이크를
케이크는 남은 시간을 받치고 있다

약속을 어기도록 만든 건 너야
맞아 미안해 하지만 약속이 지켜질 거라 믿었어
그걸 물고 늘어졌어 개같이
맞아 내 잘못이야

매일 케이크를 토해내 반의반의 반 개를 반의반 개로
반의반 개를 반 개로 만드는 일에 열중하는
시간이 가능하지 않다는 것이

흰 접시와 케이크
포크를 들고 모든 기억으로부터

* Sparklehorse, ⟨Homecoming Queen⟩ 가사 중 "horse rattling on magnetic fields" 인용.
** 니콜 크라우스, 『사랑의 역사』, 민은영 옮김, 문학동네, 2020, 67쪽.

그릇이 떠오르는 순간

감은 눈 속에 붉은 파도가 친다
각막 위로 방향 없는 적의가 맺히는 것
밀었다 밀려났다 하는 것
습관처럼 미안하다는 말을 했지만
미백색 안정이 찢어질까봐 감은 눈

흔들리는 얇은 막 위에서 춤을 추는
손과 발 손과 발 손발이 닳도록 비는
밤과 발 손발이 닳도록 버는 손과 낮
밤이 차오르면 하나부터 열까지
열하나에서 아흔아홉까지 되짚어내고
낮이 오면 낮아지고 잦아드는 것

내려다보면
내려가는 줄 알았던 개수대의 물이 천천히 차오른다
바닥을 디디던 그릇들이 일시에 떠오른다
찌꺼기를 긁어낸다고 좋아질까?
여기가 아니라
손이 닿지 않는 곳부터 잘못된 거야
지금이 아니라
당신을 만나기 전부터 망가지고 있었던 것처럼
떠오른 그릇들은 서로 부딪히며 소리를 내지
흐르지 못해 수런거리지

오늘이 지나면 모든 것을 부정할 거야
그러니 오늘까지는 견뎌도 되겠지
착착 쌓아올린 그릇처럼 겹쳐진 순간들이 모여서
회상도 물기를 말리겠지

입에 넣을 것을 사기 위해 일을 한다
일을 해서 얻은 것으로 입에 넣을 것을 얻는다
입에 넣을 것을 다듬고 자르고 볶아서 접시에 담는다
접시 위에 담긴 것을 입에 넣는다
다시 접시들을 닦고 쌓고 물기를 말린다

여름은
달궈진 옥상은 지옥처럼 뜨겁거나
빗물을 가득 이고 틈틈이 물을 흘렸다
일 년이면 너무 짧은 시간 아닌가?
양 갈래 길에서 한쪽 길의 산책을
오른손만 잡아보며 마치는 시간
내년에 걸어보자고 약속한 다른 쪽 길을
남은 생 동안 오래오래 곱씹게 되는 시간인데
다음해가 없다면 말이지 당신이
알 수 없는 이유로 회수하는 마음을 수치화해서
연산해보려고 노력하는 계절

당신의 주방

드디어 밝혀졌습니다
당신의 요리에 나는 참여하지 못하고
왜 너는 썩지도 않을 물건에
마음을 주었을까 그게 제일 아픈 부분
어떻게 하지 영원히 붙잡혀버렸어
네가 화낼까봐 눈치를 보게 될 거야
썩어버리는 가벼운 것에 모든 것을 걸 수는 없겠지만
두려워 말라

당신은 가끔 내게 거짓을 말해
때론 없는 말로 때론 비틀린 진실로
울음이 비치는 거울의 환한 미소로
네가 아름답게 지어놓은 성 안에 나는 아무도 없는 것 같아
울어도 들리지 않아
주인은 단단한 돌과 촘촘한 흙으로 성을 쌓고
종은 까맣고 얇은 비닐봉지에 담겨 있다
나를 들고 가세요
싸게 내다팔아도 당신이 가져다 귀하게 써주세요
당신은 차고 단단한 찻잔 옆에 나를 놓아둔다
오래도록 들여다보지 않는 비닐봉지 속에서
참을성 있게 앉아 있다 가만히 가만히
주문을 외우며
맞다 거기에 두었지 네가 문득 들추어볼 때까지

주문을 외우며
흰 찻잔에 정성스레 내려 따른 커피가
천천히 식어가도록
단 음료는 좋아하지 않아
무심히 거절한 나의 본질이 고통받도록
등을 돌린 채 도마 위에 야채를 쏟아놓고 다듬는다
돌아봐달라고 나는 조금 부스럭거린다
그날 밤에 너는 소리쳤지 일부러 단어들을 골라 내게 던
졌어
너의 슬픔이 내 목을 조를 때까지
식탁 위의 건포도가 마르고 말라서
더이상 수분을 가지지 않을 때까지
끝없는 칼질 도마 두드리는 소리
등뒤에서 나는 부패하고
반복되는 악몽처럼 다시 너는 돌아본다
여기 있었네

무심히 버려진 비닐봉지 안에 내가 앉아서
네가 사온 것이 나야
좀더 기다릴 수 있게 냉장고 안에 넣어주렴
나는 추위를 많이 타
하지만 아픔을 견디는 건 잘할 수 있지
네가 나를 냉장고에 보관한다면 고통을 느끼겠지만

— 더 오래 널 기다릴 수 있어
   네가 사흘 후에 냉장고 문을 열어본다면 사흘 전부터
   네 손에서 봉지째 흔들리던 귀가의 오후부터
   진열대에서 눈빛이 마주치던 순간부터

   기다렸지
   값비싼 물건들을 잡았다가 놓으며
   이건 좀 비싸서 아쉽네
   그럼 나는 어때요
   당신이 내 가슴 부위를 가져간다면 팔다리는 거저 드리
   겠어요
   해가 지는 거리를 당신과 함께 걷는다 나란히 나란히
   천천히 흔들리면서
   선반 위에 두고 나를 잊지 마세요
   아, 여기 있었지 발견할 때까지 노래를 하자
   꿈이 없는 잠을 주세요 소리를 내며 뒤척이지 않게
   무른 마음은 아물지 않지만 네가 확인하려고 봉지를 들
   추면
   황급히 가린다 아니 아니 괜찮아요
   눌린 자국을 감추고 웃어 보이면
   부족함은 입을 통해 쏟아지고
   두려움은 눈을 통해 흔들리고
   완고함은 귀를 통해 닫힌다

내가 고치지 못하는 것은 과거를 갱신할
현재를 망쳤기 때문이야
너는 나의 추종을 바라본다

잊지 않는 방안

어떻게 사랑하게 됐을까
이 단단한 방에 갇혀 되짚어봐도
이 불속에서 시간의 책장을 넘기며
끼니를 카운팅하는 버릇은
내게 진실을 말한 적 있니
말하지 않은 적 말하고 만 적 말 못한 적
상처받기 싫어서 등뼈를 세우고
가장 연한 속살을 발라 한 입씩 전송하는 삶
잠시 멈칫하는 사이
네가 보낸 기호들이 서로 맞지 않을 때
대화가 끝난 후 복기하는 습관
날개가 있을 리 없지
발을 굴러도 도약이 되지 않는 몸
선이 긴 전화기를 본 적이 있니
전화통을 들고 방안을 왔다갔다하며
목 사이에 너의 말들을 끼고돌아
널 떠날 거라고 언제나 생각해
그래야 시간을 견딜 수 있으니까
나를 사랑하는 방식으로 다시 너를 찾으면
햇살이 눈처럼 쌓인 오르막은 오른쪽으로 휘어 있다
높은 수치로 데워진 도로 경계석에 앉아
다가올 시간을 계속 미루고
밖에선 문 두드리는 소리

나오지 않으면 부수겠다는 문 앞에 누워
방문을 두 발로 막고
마지막까지 이야기하던 통화
끊지 마 처음으로 돌아가기 전에
모든 걸 기록해야겠어

꿈꾼 시간을 잊지 않으려면
머리맡에 펜과 종이를 두고
잠에서 깨면
빛을 보기 전에 눈을 감고 적어야 해

가는 먼지가 하나씩 가라앉을 때까지
숫자를 세는 거야 하나 둘 셋 넷
네가사는세상엔신이존재하지않아주많은나뭇잎이떨어지
는숲에서내가먼저걸었어제는나무테이블에초를켜두고이야
기를해는오래도록뜨지않았지난기억을모조리뽑아버리자고
눈에띄는가지를모두부러뜨렸어제는철제선반에놓인성냥개
비를남김없이태우며타지않고빨갛게달궈지는쇠못에대해애
기했지키지못할약속따위는하지말라고다잊을게분명하다고
너는소리를질렀고나는눈을감고미친듯이적어나간다기억하
겠다고끊지말라고부서질듯두드리는방문에발을올리고조금
만더조금만더다끝나간다고애원하면서눈물은고막에차오르
고뱀은제꼬리를문다문입은혀를가둔다

그림자 숲과 검은 호수

모든 것은 덤불 속에 감춰져 있지
거기까지 가는 길이 어둡고 어렵고 어리고
나뭇가지에 헝클어진 머리칼에는 마른잎들이 견디기 힘든
날들이 따라붙었지 매달리고 매만지고 메말라
찬 공기는 조금씩 뒤섞였어
침상에서 내려딛은 맨발은 문 앞까지 낡은 마루가 삐걱이는
소리를 누르고 길고 고른 숨소리들

사이로 천천히 밀어내는 호숫가의 배
젖은 흙 다섯 발가락들 사이로 닿는 촉각, 촉각 누르는
건반과 긴바늘 입술 위의 손가락

우거진 뿔이 덤불 속에 갇혀
머리를 숙이고 있지 포기하지 못한 자랑들이 엉켜 있는
낮은 덤불에 얼굴을 묻고 몸을 떨지 다물지 못하는 입으로
숨을 뱉으며 뒷걸음질 끝에 꿇은 무릎과 마른잎 위의 몸
뚱이

내가 들어올리고 싶은 뿔은 덤불 속에 잠겨 있지

달리는 덤불을 보여줄게
춤추는 작은 숲을

바닥을 움켜쥔 모든 뿌리와 함께

흰옷은 온통 흙투성이
작은 배는 너를 두고 흘러가
물은 차고 어두워 소스라치는 살갗
걸어들어오는 고요와 잠긴 청각이 듣는 물소리
물속을 만지면 물이 몸을 바꾸고 뒤집는 모양은 끝없는
얼굴과 얼굴들이 흐르고 잠기는 기억
지워지듯 흔들리고 뒤섞이는 손을 따라 잠기지
길게 줄어드는 음이 끊이지 않고 이어지는
몸에 선을 긋고 지나가지 손도 발도 없이
물의 틈을 찾아 결대로 몸을 틀며 가라앉는 숨

접촉경계혼란

마치 피아노의 가장 낮은 건반을 무한히 두드리는
바닥
놓지 마 놓지 마
춤을 추는 팔과 파란

그림자 속 덤불과 부러진 나뭇가지 사이로
고개를 젓는 우거진 뿔과 큰 눈망울
꿇린 무릎과 엎드린 몸뚱이 복종과 결박과 강박

진저리치며 흩날리는 입과 잎과 입김

호수 위엔
잔물결조차 일지 않는 검은 물 그리고
어두운 그림자 숲엔 부러진 뿔과 나뭇가지
몸뚱이 위로 끝없이 떨어지는 마른 잎사귀

마야꼬프스끼

신을 신은 채
낡은 소파에 뛰어올라
손가락으로 창을 가리키며
외친다
노랑! 이라고
그게 파랑! 이라고

그럼 너는 당황하겠지
가슴을 짚으며
나, 나 말이야? 이런
부끄러워 견딜 수 없군, 하며
고개를 내젓겠지
그래 나 아직
똑똑한 혀를 가진 사람이 아니야
하지만
부끄러움을 이기기 위해
부끄러움을 부끄러워하는 법을 익히고 있어
창을 가리킨 손가락에서 노랑꽃이 핀다
군악대의 북소리가 드르륵드륵 드르륵드륵
전자음 그리고 물방울 떨어지는 소리
멀리서 천천히 귓속으로 행군해오는 군홧발 소리
긴 언덕을 오르면 담쟁이들이 목매다는 높은 담이
끈질기게 따라붙는 길

세계가 멸망했으면 좋겠어
그냥 다 내려앉아 모두 망해버린다면
거미줄처럼 뻗은 도로와
산과 들에 수없이 얹어진 고가도로들은
다 어떻게 될까
혓바늘처럼 초록이 돋아 아스팔트를 부수고
흙먼지가 바람 따라 이리저리 쏘다니겠지
검붉은 이파리들이 엉겨붙은 방음벽을 끼고돌며
멋쩍은 산책을 할까
가진 거라곤 모두 망가진 것뿐인 그런 날
사람들이 고양이들과 함께 헤매며
음식을 구하러 하루를 소진하는 날
꿈이 남긴 부산물들을 하나하나 손으로 헤집어가며
흔적을 줍는 일로 한 해를 보내는
그런 날
지구가 멸망했으면 좋겠어
모두의 성이 고통 없이 무너지는 꼴을
보고 싶은 나를 용서해
도로 맞은편에서 네가 걸어온다
나는 반쯤 부서진 도로 경계석에 앉아
다시 얼굴을 가리고 고개를 숙인다
너는 나를 알아보지 못하고 지나친다

이 장면을 꿈에서 본 적이 있어

금속 줄이 끊기는 소리
창으로 들어온 빛이 유리구슬처럼 쏟아져
바닥에서 튀어오르고 흩어지고 구른다
쓸어도 쓸어 담아도 담담히 부서지는 마음
창은 노랑이야
그게 사랑이야

발을 내리고 얌전히
낡은 소파에 앉아 손으로 얼굴을 가린다
손가락은 모두 시들어버렸다
마른 입술에 혀로 자꾸 침을 적시며
맨 끝 장을 펼쳐 너에게 할 말을 찾는다
검은 페이지가 외투 자락처럼 펄럭인다
입술을 달싹이면 말들이 쇠구슬처럼 떨어진다
떨어지는 자리마다 금이 간다
손가락이 하나씩 흩어진다
간신히 펴든 왼손 검지를 관자놀이에 가져간다
눈을 감는다
커다란 쇠공 하나가 소파 위로 떨어진다

스퀴즈 오렌지

보고 싶지도 않도록 쥐어짜다가
너덜너덜해질 때까지 생각하다가
넌 지옥에 있고
난 지옥에 있지 못해서 지옥인데
그보다 더 바닥에 있다는 너의 문자에
다시 지옥에 홀로 남겨진 나에 대해 생각한다

나라고 생각했다 아시다시피
너의 기쁨이, 차분히 너의 손이 만지는 표면이
죽어서 슬퍼할 존재가, 뜨겁고 차가운 오르내림이
이까짓 걸 왜, 그까짓 걸 그토록, 저까짓 걸 진작에
뱉어버리지 않고 머금고 있는지 아시다시피
내가 아닌데 내가 되도록 기뻐한다 얼뜬 표정으로

내가 알려주기로 약속했는데
어느새 너는 나 없이 모든 걸 해낸다
그럼 나는? 그럼 나는? 자꾸 질문을 해대면
그게 중요한 게 아니라고 구석으로 밀어놓는
무신경한 네 손이 쥐어짜는 세계란

간절함 없이
왼쪽으로
간절함 없이

오른쪽으로
굴려도 굴려도 결국은
오렌지가 만나는 세상에서 썩고 짓무른
그럼 오렌지는?
가족들이 모두 내 구린내를 맡고 코를 감싸쥐고 도망할 때
이게 왜요 항변하며 비칠비칠 따라간다
물러터지고 주저앉은 살에
세포벽을 세우고 버티자
너를 함유할 공간을 확보해야지

중요하지 않아서 그래

분명히 오렌지를 열었는데
먼지로 뒤덮인 하늘
도로를 달리고 있다
와이퍼를 작동시켜도 시야가 뿌옇기만 하다

우리는 약속했어
비밀하지 않는 사이가 되기로
모든 걸 발음하는 혀로 진실하기를
하지만 말하지 않는 한 모금을 머금고 있어
삼키기 어려운 내막
네가 의혹하는 순간

내가 부서지는 지점

작은 벽들이 하나씩 망가지면 결국엔
폭삭 주저앉는 거야
근데 넌 자꾸 벽을 두드리지
두드리지 않고는 살 수 없으니까
고통을 울게 하려고

그걸 네게 쥐여준다면 넌 결코 꺼내지 않겠지
그걸 알아 넌 남은 한 방울까지 짜내며
내 마지막 순종을 거두기로 한 사람
원치 않지 고가도로 위에서 차가 멈추는 꼴을
그렇다면 모든 게 순조롭지 네가 미리 알고 짐짓
핸들을 꺾는 친절 속에 내 몸이 잠기는 추락

나를 부순 건 너야?
나의 고집이야?

3부

사랑할수록 가슴을 찢는 이상한 방식

서로의 것

우리는

맞잡은 손을 바이스로 조이고
구리관들이 촘촘히 자란 B1 숲을 걷는다
텅 빈 관은 저음으로 운다 1구역에서 44구역까지
푸른 녹이 자욱하다 이 길을 산책하고 싶다고
넌 몇 번이나 그러고 싶다고 말했지

우리가 서로를 떼어놓고 싶을 땐
자기 손목을 자르기로 하자 그러자
난 쇠톱으로 천천히 자를 거야 과정을 모두 감각할 수 있게
넌 도끼로 단번에 결별한다고 했지 하지만 그전에
몇 번 더 조이면 우리 손목이 견디지 못하고 끊어지지 않
을까
그래도 불안하니까 한 번만 더 조이자 돌아갈 수 없게
래칫 렌치*를 돌리자 조인 손이 새파래진다
이별이 오기 전에 갑작스레 찾아오는 결별의 표정은

금속적이다
견고한 시대에 조립한 장기에는 유격이 없다
내부에서 내부로 가는 파이프와 내부에서 외부로 가는 파
이프
외부에서 내부로 오는 파이프와 신주 체크 밸브**

역류에 의한 내상을 막기 위해
수압에 의해 한쪽으로만 개폐되는 방식으로 사랑했다

금속 상자들로 이루어진 거대한 금속 상자 속 상자
돌고 있는 환풍기 쇠 날개 사이로
박절된 빛이 철제 선반을 반복해서 두드린다
선반 위엔 교착된 손과 공구들이 맞물린 채로 녹슬어 있다
우리가 팔을 떼어낸 건 자신이 있었던 자만
정비가 있는 날이면 넌
그림자가 사라질 때까지 돌아오지 않았다
나는 흉부에서 떼어낸 회로를
끝없이 분해하고 구간별로 나열하고
다시 역순으로 조립하고 부품을 바꿔 끼고
정형 행동***을 하고 분해하며 기다렸다
매번 똑같이 조립되지 않았다 조금씩 달라졌다

숲에서 눈을 바꿔 가졌다
네가 보는 것을 보고 싶어 이미 본 것도
흉측할 텐데
그래도

렌즈의 가장자리를 따라
볼트와 너트와 볼트와 너트가

떨어진다 어디서 이렇게 많은 부속이
떨어져나왔는지 알 수 없다

수은은 신
금속의 기적은 온도
참을 수 없을 때 흐른다
무너지듯 바닥에 첫발을 디딘다
시작이 어렵지 그다음부터는
구르는 거야 누구도 멈추지 못하겠지
응 그러자

눈을 감아도 26000미터를 자라는 파이프
은빛 나사가 촘촘히 박힌 하늘
볼트와 너트가 떨어지는 마지막 밤
쇳물 위로 흔들리는 철판
몸 위로 쏟아지는 은빛

서로의 것

* 미늘 톱니바퀴가 달린 렌치. 바퀴 쐐기에 의해 한쪽 방향으로만 회전을 하는 기어가 적용된다.
** 유체의 흐름을 한쪽 방향으로만 흐르게 하여 액체의 역류를 방지하는 방향 제어 밸브를 말한다.
*** 격리사육 되거나 우리에 갇힌 동물들이 일정한 행동을 반복하는 증상.

기계 세상의 아코나리움

거리에 마음 조각들이 깨진 유리 눈처럼 날린다
바닥에 수북한 조각들 아무도 줍지 않아서 발에 밟히고
어느 날엔가 작은 회오리에 모여 도는 후회의 알갱이
떼어내지 못한 기억처럼 엉겨붙다가
수분기를 죄다 말리고 딱딱하게 굳어갈 즈음
마지막까지 목이 졸리는 순간에 결속력을 얻어 결정을 이
루고
훼손당한 기쁨이 밤낮을 울어 빛남을 떨구었는데
아코나리움
그렇게 불리는 마음의 지친 결정이
기계 세상의 아코나리움이어서

사람들은 숨긴 어깨를 부딪힐 때마다 내민 혀들에 걸려
넘어질 때마다 알려주지 않는 이유로 사람이 떠날 때마다
마음 조각을 떨구었다 진저리치며
마음이 닳을 때마다 더 좋은 버전의 인공 기구를 삽입했지
가슴을 두드리면 절그럭절그럭 1밀리씩 마음이 밀리는
소리와
생애 첫 울림통을 받아 얌전히 베이스를 칠걸 줄을 고를걸
무쇠로 만든 기차 바퀴처럼 서서히 다져지고 닳아가는 게

다친 마음을 받아내지 못한 장기들이 썩어 문드러지면
하나씩 그 자리를 채우는 인공 기구와 전동공구

썩지 않는 플라스틱과 에로틱 거대한 실리콘과 유니콘
찾아도 찾아도 돌아오는 건 수치와 아쉬움 아코나리움

50%를 넘으면 마음이 사라진대
인공 기구와 전동공구를 부여잡고 겨울철 냉동 거리를 쏘
다니는
기계와 기계들 사이에서 49%의 생물 장기들이 출렁인다
출렁임에는 마음이 없어 그건 욕망이지 앞선 시간이 없는
벽과 벼랑이지 귀가 간지러워 송곳을 넣어보는 절박함이지

몸속 49%가 인공 기구와 전동공구인 내가 오래도록 혼자
밥을 먹다가 왼쪽 눈부터 천천히 렌즈가 되어갈 즈음
내게 키스해 아코나리움 조각을 건네주었지
가슴뼈에 못을 박았지 마음이 떠나지 않게
그 순간 나는 왼쪽 눈을 찰칵 감아
형상을 메모리에 저장하지 냉각팬을 돌려 긴 한숨을 쉬지

사랑하는 사람이 떨어뜨린 아코나리움을 찾아
겨울밤의 기다림과 신뢰가 찢어지는 고백과
남지 못해 망쳐버린 안타까움과 반만 닫히는 문에 대해
매만진 절망으로 세공하여 반지를 선물하면
다시 마음을 찾을 수 있다는 뻔한 전설 따위는 믿지 않
았지

— 발음하지 못하고 남은 말들이 마지막 USB 메모리를 통해
전해진다 아름다워라 저장하고 저장하고 다시 저장했지 자
정마다 냉각팬을 돌리지 기계 세상의 아코나리움

—

정밀하게 고안된 하루

꿈에
라는 말로 시작하는 이야기는 신뢰할 수가 없다
무책임하게 주무르는 반죽이 숨기는 기포의 개수
하지만 원치 않는 결말을 유예하고 싶은 이야기가
누구에게나 하나쯤은 있지 않은가
흐린 물속으로 안경을 떨어뜨려 황급히 손을 뻗을 때
살짝 손끝을 스치는 감촉을 남기고
비정형으로 몸을 틀며 가라앉는 눈을 따라
끝없이 지켜보고 싶은 거지 엉켜도는 부유물들과
잠기는 입 잠긴 소리 잠긴 방 빙글빙글 도는 수면과
멀어지는
손끝

꿈에
나는 외로움이라는 스포츠를 창안하였다
결속력이 강한 커플이 길고 긴 지하철을 두 번
기꺼이 회비를 내고 배우러 왔다
기술적으로
좀더 서로를 사랑해야 가능하다고 나는 강조했다
결국 조급함이 모든 걸 망치지
갖고 싶은 것들은 입에서 나와 색이 바래고
조금씩 달라진 것들을 쥐고 웃는다
무수한 점 속에 몸을 숨긴 선분

— 　둘은 금세 외로워졌다
　회비를 돌려주고 둘을 돌려보냈다

　꿈에
　언덕 밑에 차를 받쳐두고
　반쯤 부서진 콘크리트 길을 따라 올라갔다
　성당 입구엔 먼지를 무릅쓴 성모상이 머리를 기울인 채
　두 손을 모르고 있었다
　바람은 바람대로 붉었다
　현관문이 잠기면 쪽문을
　신이 있다면 보게 하자
　피조물은 피가 흐른다
　형식이 다른 기도는 우리들만의 것

　꿈에
　칼을 쓰는 사람으로 살았다
　손에 익은 적당한 길이면 충분했다
　휘두르는 연습에 시간을 들이지 않는다
　정확한 순간에 손을 뻗으면 칼끝은
　어디로든 맹목적으로 파고드니까 상대의 목이든 내 심장
이든
　너를 기쁘게 하기 위해
　더 슬퍼지기 전에
—

혈조*를 따라 피를 뿌려야지
납도**는 되도록 천천히
슬픔의 형식에 따라 통증의 방향으로

꿈에
네가 다 줄 수 없다면
나도 몇 가지는 숨길 거야
마치 주지 않은 것처럼
분명 주게 될 걸 알았지만 일 년 동안
입안에 넣어두었던 실뱀처럼
스밀 거야 네가 모르게
그래서 네가 달라고 조르면
주지 않았다는 듯이 이미 줄 거야
네가 줄 수 없다면
마치 그걸 바라지도 않듯이
혹은 받지 않은 사실을 모르는 듯이
기뻐할 거야 치마 끝단의 이니셜처럼 얌전할 거야

꿈에
뺏어오고 싶었어
네가 꾼 꿈들 작은 돌을 쥔 손 주머니 속의 손
큰 돌 아래 옆얼굴 피가 흐르는
눈꺼풀 밑에서 흐르는 눈동자를

얇은 막에 번진 실핏줄과 깜깜한 별하늘
귓속의 이명과 발소리까지
우주인의 잠과 가늘고 긴 수족 눈물
잠이 오지 않는 밤의 뜬눈과 맥주
잠든 밤의 휴양림까지
같이 멀리 가고 싶은

꿈에
나는 달리는 발이야
생풀을 이겨 밟고 잔돌을 튀기며
무른 흙이 밟혀 올라 다시 떨어져나가기를 반복하는
구르는 발바닥이야 나뭇가지를 헤치고
튀어오르는 사슴이야 푸르륵 푸른 밤하늘이야
자란 숲을 떠나 사냥터로 내달리는 자랑이야
가장 높이 뛰어올랐을 때 총에 맞고 싶었는데
아무도 겨누지 않는
우거진 뿔을 두르고

꿈에
네가 모르게
네 손을 밀어낼게
너는 신을 믿지 않았고
나는 신은 있어도 그만 없어도 그만이라고 생각했지

흙바닥을 등지고 누워 일렁이는 수면을
오래도록 바라볼 거야
네 손을
한참을 늘어뜨리고 애타던 시간과
천천히 회수하던 손이 수면 밖으로 사라지는 순간까지

* 칼등에 길게 파인 홈, 피고랑. 상대의 피가 칼집에 엉기는 것을
막고자 검신(劍身)을 따라 피를 흘려보내기 위해 만들어졌다는 속
설이 있다.
** 칼을 칼집에 넣는 방식. 유파(流派)에 따라 피를 뿌리는 독특한
납도술(納刀術)이 존재한다.

당신의 것이 아닌

"가장 중요한 선택의 순간을 우리는 알 수 있을까?"

바닥에 떨어진 구슬이 사방으로 흩어진다
참지 못하고 아이들이 뛰쳐나간다
문 앞에 선 아이는 허둥대며 쪽지를 나눠준다
오십 걸음 밖에서만 읽을 수 있는 쪽지엔
뒤돌아보지 말라고도
돌아오라고도 쓰여 있다
모두 그들 자신이 쓴 글씨다
펼쳐볼 수 없는 책은 가늠할 수밖에
펼쳐지지 않은 쪽지는 버려질 수밖에
흩어져 돌아오지 않는 아이는
멀리까지 가 있을 거다
염려보다 빠르게 자라는 아이는
문밖에서도 문안에서도 잘 자란다
길에는 버려진 쪽지가 틈틈이 자란다
돌아올 아이는 진즉에 돌아왔다
더럽힌 옷은 빨면 그뿐이니까
세탁기 속 바지 주머니에서 꺼낸 쪽지는
여러 번 접혀 있다
어렵게 쪽지를 펼쳐 든 아이는
번진 글씨를 읽으려고 애를 쓴다
지난 마음은 알아볼 수가 없다

방에 누우면 문은 전보다 단단히 잠긴다
더 오랜 시간이 걸려야 신을 신을 수 있을 거다
눈을 감고 쪽지의 글씨를 가늠해본다
「 지금 」
이라고 적혀 있다
모자로 얼굴을 가린 아이들이 뛰어나간다
「 눈을 감고 」
라고 적혀 있다
아이들이 넘어진다

너는 화분마다 로켓을 키웠다

화분에서 선인장이 모두 죽었을 때
너는 로켓을 심었지
요새 누가 로켓을 심냐고 친구들이
게다가 그런 구형 로켓은 부품을 구하기도 어려울 거라고
말할 게 뻔했지만 어차피
베란다 한구석에서 조용히 키우면 그뿐일 것을
누구에게도 알릴 필요가 없는 일인 것인데
사실 두려웠던 것은 사실
작은 추진체를 흙속에 묻고 물을 줄 때
큰 기대 없이 친절을 베풀어도
1단 2단 스스럼없이 자라는 것이
일견 대견하기도 하였던 것

네가 물을 주다 고개를 들어
창을 바라보며 생각에 잠겼을 때
떠올린 건 선인장의 뿌리가 녹던 일
물을 주고 마음을 다한 부분에 잘못이 있는지
오래 고심하였고 그것은 로켓을 가꾸는 방식에도 내내
영향을 끼쳤다

로켓에 기대한 건 네가 갖지 못한 것
혹은 평범한 것 아니 선인장에 바랐던 시간
되돌려받길 원했던 마음 같은 것

조리개를 기울이듯 전신으로 쏟은 마음이
바닥에 떨어지고 나면 잡게 되는
손잡이 같은 것

로켓의 역할이었을지도
다육이 차고 가시가 나길 바란 건
서로에게 결부된 욕심이었을 테지만
분리된 추진체의 낙하지점을 예측하기 위해
광합성을 잊은 가짜 선인장

로켓의 이름은 Wood B1
종자를 이송하기 위해 개발된 소규모 가정식 로켓
선인장보다 더 많이 물을 준다면
뜬눈으로 더 오래 돌아봐준다면
파편 없이 궤도에 진입하는 눈물을 보여줄게
길게 그으며 빛나는 선을 가슴에 가로지를게
그게 선인장의 일일지라도

보이트 캠프 검사법*

때론 확인하고 싶지
흰 빛줄기가 곧게 동공을 비춘다
얼굴의 모세혈관을 감지하는 작은 원판
당신은 생일에 송아지 가죽 지갑을 선물로 받았습니다
바늘이 움직인다 생일이라면
살아 있는 양 한 마리를 키우고 싶어
야생 양은 매우 민감한 동물로 좋은 시력을 가지고 있으며 경사진 곳을 잘 오르내리고
전기양은 모조된 울음을 운다
너는 오늘도 전기양의 인조털을 쓰다듬고
나는 질문을 고르고 고른다
질문은 의도를 숨기는 집요함에서
천천히 만지고 싶은 요철로
전기양을 보러 옥상으로 올라간 너는 내려오지 않아
뒤로 닫힌 네모난 철문
밤이면 파랗게 빛을 발하는
질문지

놀라면 민첩하고 빠르게 도망간다
하지만 이 검사는 왠지 자꾸 나를 검사하고 있다는 생각
너를 위해 전기양인 척한다면 구분할 수 있겠니?
공포의 뺨을 핥으며 눈을 감고
잠이 오지 않을 때 나의 수를 세어줘

그 잠 속에 나를 참예하게 해줘 잔에 포도주를 따라
회로 속에서 천천히 불어나고 싶다 붙임성이 있구나
전기양은 새끼를 세 마리나 낳는데
송아지 가죽에 반응했는지 묻지 않는다
껍질을 벗기고 싶어
매애 하고 난 울음을 운다 전자식으로
전기양은 운다 매애 순간에 진심을 다해
이제 와서? 성취감을 느껴보려구? 울타리를 고치려구?
말이 심했다면 사과할게
주로 백 마리 이상이 한 무리를 이루는데 몇몇 다른 종은
수컷이 암컷과 새끼와 몇 년간 떨어져 지내기도 한다

나는 진짜 양 한 마리를 키우고 싶었을 뿐이야
열망과 기쁨이라는 단어를 사용하자
가축으로 키우던 양이 야생화되는 수가 전 세계적으로 증
가하면서 기존의 야생 양들과 먹이경쟁을 하거나 질병을 퍼
뜨리는 등 자연을 훼손시키고 있다
전기양을 보러 갈 때면
너는 진짜 양에 대해서 오랫동안 얘기하고는 했지
그리고 혼자 남은 나는 양 울음소리를 흉내내본다 전자
식으로
오늘이 내 생일이고
내가 만약 어떤 방에 들어갔는데 당신의 가죽을 씌워서 만

— 든 소파가 거기 놓여 있다면 나는 보이트 캠프 검사에서 매
우 격렬한 반응을 나타냈을 거예요

* 필립 K. 딕의 소설 『안드로이드는 전기양의 꿈을 꾸는가』(박중서
옮김, 폴라북스, 2013)에 나오는 표준 인성 윤곽 검사로, 인간과 안
드로이드를 판별하는 기준으로 쓰인다.
** '진하게' 글꼴의 문장은 필립 K. 딕의 소설 『안드로이드는 전기
양의 꿈을 꾸는가』에서 인용된 구절이다.
*** '기울임' 글꼴의 문장은 '양'에 대해 서울동물원에서 제공하는
지식백과 내용이다.

—

친절한 얼굴

가는 유리관이 떨어지듯 빗줄기가
사정없이 부서지는 밤낮
유예되고 미루어져 불행한 행복처럼
즐거운 불행인지 불행한 즐거움인지 알 수 없는 때
너는 완전히 섞이지는 않은 자세로 돌아누워 있고
몸을 돌리면 다른 얼굴이 나올까봐 나는
네 어깨를 당기지 않는다
사실은
오래전부터
알고 있던 일
알 수 있었던 일

너의 등은 친절한 얼굴을 가졌는데
그게 싫지, 하필 그런 표정이라니
증오의 술잔을 들다가도 서운함으로
서운함의 물잔을 들다가도 미안함으로
미끄러지게 하는 힘이 있지
결국 내려놓게 하는 철저함이 있지

하지만 깨진 유릿조각들을 하나하나 맞추어가다보면
두통처럼 번지는 실금들이 보여
쳇바퀴 돌듯 되돌아올 어리석음이 마련한
잔칫상에 앉아서 일생의 술잔을 주고받는 나

가장 나쁜 잔을 주는 게 아니라
가장 좋은 잔을 보여주고 가져가버리는
지독한 장난 같은 거지, 같은 거야

첫 열매를 소반에 받치고 네게 뛰어갈 때도
알고 있었어? 채 다 먹지도 못하고 뭉크러질 일들
기쁨들, 그리고 지나친 믿음과 자만, 동정과 동경이 불
러온
혼란들, 모두
그 소반에 받쳐들었던 거야 사실은
그래도 뛰어가던 마음을 기록해둘래
출렁이는 다리를 오래 건너
지금은 숲이 된 공원, 망설임, 오른손과 왼손
한쪽으로는 만족할 수 없던 마음들, 그리고
좁은 방에 뜯겨 떨어지던 팔찌 구슬들, 멸시, 공포
그래도 좋았던 것 같아 날들이 날들에게 전하는 숨가쁜
확신
그래 좋았던 것 같아
확신이야? 그럼 좋았다고 얘기해

끝없이 들어올려도 도무지
입에 올라붙지 않는 잔을 들고
몇 해를 보냈어 안간힘을 쓰며 그게 뭐라고

한잔 마셔보겠다고 우습지 마셔도 그만
안 마셔도 그만이라고 너는 자랑처럼 말했지
그래? 좋지 않았어? 그건 나도 마찬가지야
너의 단단한 착각, 내가 원한 건 그런 게 아냐

문득 겁이 났어
돌아누운 얼굴이 네가 아닐까봐
그래서 자꾸 끌어안았어 작고 볼품없이 쪼그라든 등을 감
싸며
말했어 돌아보지 마, 보지 마 사실은
내 얼굴이 어떤지 겁이 나
내 얼굴이 왜 그런지 말할 길이 없어

한번은 그게 나라고

너는 나를 사랑하고
내 얘기를 듣지 않아
너무 많은 이야기 속에 둘러싸여
너는 아프지 진실로 진실로 내게 이르노니

사랑하지 않을 때 말하지
사랑하지 사랑하는데,
하고 싶지 않을 때
하고 싶지 하고 싶은데, 하는 것처럼
죄책감을 주는 사람에게 죄를 던지고
미안함 속에서 미움을 꺼내듯
말해봐, 기분 나쁘지 않을 정도로만
서로 다른 손을 마주 비비고
가볍게 턱을 괴는 기분으로
왼손은 왼쪽에서
오른손은 오른쪽에서 태어났다

뿌리 돋을 때
날카로운 송곳니가 없다는 걸 깨닫는 것처럼
이마에서 질문이 자란다 사랑이 없다는 걸 깨닫는 것처럼
고개를 들고 휘저어도
포기하지 않고 한 발자국 물러나 지켜보는 혼란과 싸우지
확신을 덮고 누워도 발가락을 물고 늘어지지

처음엔 평원을 뒤덮은 혀의 갈기 같았다
한 방울의 물에도 잠길 듯이
부풀어올랐다
그랬어 수분을 빨아들여서 내가 네가 되도록
손가락은 손등이 모르게 손톱은 손가락이 모르게 자라지

책장엔 읽지 않은 책들 하지 않은 말들
침상에는 돌로 가득찬 자루의 신음소리
돌아누워, 듣지 않는다
그건 너무 흔하다고 우리가 골고루 나눠 가진
불행인데 왜 또 나눠주려 하지 충분해요
아프다고 아프다고
뱃속에 돌이 차기 시작했을 때
증상은 늘 한발 늦게 도착해
너무 보고 싶다
누가 내 배를 열고 하나씩 꺼내주세요
차갑고 슬퍼요
가까운 곳에서 일주일치만 받아보아요

넌 이미 지쳐 있는걸
다 꺼내 썼는걸
그건 마찬가지 우리는 서로가 갖고 싶은 걸

다 쓰고 만나서 서로가 없는 걸 슬퍼한다
기쁘다는 말이 눈앞에서 죽는다
네 잘못이 아니라고
머리를 풀고 엎드려 재를 뒤집어써도
구할 수 없는 마음이 있다고
되찾아올 수 없는 기쁨은 슬픔이고
내 것이 아닌 온도는 오해를 타고 차갑게 오르내린다
쥘 수 없는 손은 내가 아닌데
미안해 미안한데

고심 끝에 내린 우리의 선택은
손등과 손등이 만나 각자의 검정을 쥐는
가장 외로운 방식의 악수
찌르는 말을 멈출 수가 없어
혀를 조른 너와 혀를 자른 내가
키스한다

로제타(Rosetta)*

빛이 닿지 않는 돌과 흙더미 곁에
엎드린 마음을 지나치는 것은
지나친 일이 아닐지도 몰라
누구든 살아 있는 것부터 챙기니까
내 탓인 채 방치된 시간을
일으킬 수는 없는 법이니까

내가 줄 때는 무심히 한쪽 구석에 쌓아두던 상자들
열어보지도 않던 마음들
이제 모두 회수해가려니 추억처럼 돌아보고 싶어진 거야?
모두 네 것이라고 주장하고 싶어진 거야?

아침이 없다면 이 밤들에 들러붙어
초 단위로 핥아먹을 텐데 아쉬워라
슬퍼하기에도 몸을 뒤척이기에도 시간이 부족해

시간이 흐르고 처음도 마음도 연민처럼 몸을 바꿀 때
차츰 무뎌지는 칼끝은 누구의 손에서 누구의 가슴을 찌
르지?
누가 슬프냐고 물었을 때
속이 텅 빈 상자 같다고 얘기했어

Flyby는 주변 행성의 중력을 이용해서 다가가는 거야

—　너무 멀어 다가갈 수 없을 때 내가 가진 힘이 없을 때
떨어질 듯 떨어지지 않고 궤도를 유지해서
닿을 수 있을 때까지 살아남아야지
하지만 선의 속에 남겨진 행성들
그 행성의 위성들, 어둠을 지키는 공간과 중력
끝도 없이 떨어지는 생각
십 년을 날아서 로제타는 늦게 도착했어
기다리지 못한 건 내 잘못

인간은 마음이 견디지 못하는 일은 기억 밑바닥에 봉해
버리지
네가 내게 주려고 한 건 가시투성이 심장
그게 모두 네 가시가 아닌데
네가 찔린 거야 알겠어?
내가 좋다고 할 때까지 죽으면 안 돼
네가 산 십 년을 로제타는

말은 힘이 세지
한번 들으면 바늘처럼 꽂혀서 녹이 슬지
네가 한 말들이 떨어지지 않으려고 안간힘을 쓰며 파고
들 때
생각했어
영원히 생각할 거라고 생각해본 적도 없지 하지만

—

들었어야 하는 말들은 들었어야 해
이상하기도 하지
높은 말은 그런 뜻이 아니었어, 회수하는 순간
금세 낮은 곳으로 떨어지지만
낮은 말은 아무리 아니었다고 해도
더 낮게 낮게 아래로만 가라앉는 게
떠오르지 않는 게

로제타는 죽기 위해
결국 그 오랜 비행을 감수한 거야?
눈을 감은 채 떠도는 게 싫어서 67P에 충돌한 거야?

나의 비참한 편협
나는 더 큰 슬픔을 위해 깜박이는 용기를 충전하지
나는 더 큰 상처의 바닥에 뼈만 남은 철제 구조물을 세
우지
구원 없는 고통에서도 희망은
부지런히 제 할일을 한다지?
돌아선 사람의 마음속엔 손가락이 있지
나를 물기 전에 내게 물었어야 해

* 유럽우주국(ESA)이 2004년 3월 2일 발사한 혜성 탐사선. 십 년이
넘는 플라이바이 비행으로 65억 킬로미터를 날아서 2014년 8월에
67P/추류모프-게라시멘코 혜성에 도착했다.

고통의 반대편으로 뛰는 것

마음의 3원칙*
1. 상대에게 해를 가하거나 그런 결과를 가져오리라 예측되는 행동을 하지 않는다
2. 1에 위배되지 않는 선에서 마음을 다한다
3. 1, 2에 위배되지 않는 선에서 내 마음도 다치지 않도록 지킨다

제3조에 의거하여
고통의 반대편으로 뛰는 것이 사람의 일
마음은
고장이 쉬운 부속이라서 불필요한 과열을 막아야 한다
속되다속되다속되다속되다속다
바람이 불었고
나는 빠른 발을 가지고 그곳을 지나쳤다
기다리는 사람은 불길한 소식을 가지고 돌아왔고
하나의 잘못으로 모든 것이 돌이킬 수 없이 망가져버리는 꼴을 보고 싶었지만
긴 의자에 앉아 얼굴을 가리고 고개를 숙인다
기다리는 사람은 나를 알아보지 못하고 지나친다

제2조에 의거하여
고통의 방향으로 뛸 수 있는 것이 사랑의 일
공원 구석에 바람이 마른 잎들을 몰아다 놓았다

잠시 발걸음을 멈추고
부끄럽다부끄럽다부끄럽다부끄럽다부럽다
마음에 격벽이 없어
마음이 넘친다 이렇게 쉽게 넘치는 건 내가 모자르기때문
이다모자르다모자르다모자르다모르다
건반에 피를 흘리는 동물이
다리를 절며 뛴다

제1조에 의거하여
나를 다그친다다그친다다그친다다그치다
다친다

* 아이작 아시모프, '로봇 3원칙'의 변용.

오백 개의 볼트와 오백 개의 너트를 조여야 해

시간과 기다림에 작동한 작은 톱니바퀴 하나가
여든세 개의 크고 작은 톱니바퀴를 움직여 마침내
이와 이가 맞물리는 키스와 선의의 회전축을 돌리고
스프링을 튕겨내 몇 개의 낡은 상자에서 사랑을 꺼냈다
고 해도
그것에
기뻐하고 싶지 않아
오백 개의 볼트와 너트로 조여놓은 놋쇠 기관에서 밀어
올린
상대의 열심과 숭배에 천천히 달궈져 내려다보는 마음이
얼마나 함량 미달의 오일을 쏟아내는 얄팍함인지 기대와
대기를 섞는 불완전연소인지 기이한 이기심이 춤추는 연기
인지
넌 계속 천진난만한 삶의 한가운데를 걸어가
너만의 콧노래와 까치발을 하고 흙구덩이를 넘어가
건네주지 않을 때에야 비로소 갖고 싶어하는 너의 눈물
과 노력을
기뻐하고 싶지 않아
난 좀더 단단한 것 두터운 것 진흙처럼 무딘 것 맞은 상처
가 그대로인 것 흙구덩이 속에서 머리채를 휘어잡는 것 빨
간 쇳물을 입에 넣는 것 신뢰의 뼈를 꺾는 것
그걸 잡을래 두 손이 묶인 채 오백 개의 볼트와 오백 개의
너트를 조여야 해

네가 거절한 만큼 내가 거절한다면
이제 우린 평생 그러지 않아도 될 거야 텅 빈 시간으로
흔들리는 일은 그만해도 될 거야 어리숙함이 현실과 만나
화들짝 살을 데이고 물러서는 일을 제 눈을 제가 찌르고
자르고 잘라 아주 작아진 얼굴을 바라보는 일을 안 해도
될 거야
내가 고개 돌리지 않으리란 걸 누구보다도 잘
알았을 테니까 그건 너의 연민
구부러진 파이프가 자란다 연민은 착각 속에서 구부러진다
넌 갖고 싶어하지 않았지 유리알 따위
빛이 통과하다 참을 수 없어 안으로 회절하는 손톱처럼
오백 개의 나사를 조이는 것이 나의 일
볼트와 너트를 볼트와 너트를 볼트와 너트를 스패너로
조인다 파이프를 파이프렌치로 파이프를 파이프렌치로
파이프를 파이프렌치로 조른다
나는 쇠 장식이 달린 고글을 쓰고 저공비행을 시작해
술도 약도 소용없이 죽고 사는 새벽이면
때는 늦었습니다
한 치 앞의 보일러실은 증기로 가득차 있습니다
우리가 돌고 돈 밑도 끝도 없는 안개 속
잊었어?
너를 두고 이륙할 거야

Fantasic Show*

몸은 바다처럼 흔들리고
마음은 새처럼 지저귀나봐
그 밤의 일 부디 기억해줘
사랑과 따분함을 노래하며 살고 싶어
I want high
Why do you cry?
I want to die
Why don't you be mine?

하나도 빠짐없이 기억할 수 있지
그리고 지금 너는 없어
이 말들을 들을 수가 없어 유감이지만
뭐라 말할 수가 없어

우리는 상처를 드러내는 방식으로 친해졌지
사랑할수록 가슴을 찢는 이상한 방식
너는 마음을 붙잡으려고 고통을 내게 엎지르고
나는 불붙는 상처로 그을린 기쁨을 갖는다

채 열일곱이 못 되던 겨울
너는
교복 위에 외투도 없이 눈을 맞고 서 있어
그럼 더 중요한 게 뭐냐고

쓸모 있는 사람 따윈 되지 않겠다고
나는
그 선생 놈을 죽여버리겠다고 맹세했지
뭐라고 말할 수 없어
집에 와서 손가락을 깨물었어
내가 가진 건 너의 슬픔뿐
나머지는 모두 다른 이의 것
그러니 슬픔만이라도 독점할 수 있게 해줘

여름이었고 아이스 윈드가 눈처럼 뿌려졌지만
닿자마자 사라지던 여름이었고
사라지던 위안이었고
사라진 사람
어느 일본 밴드의 야외 공연장에서
너는
회색 면 치마에
검은 점들이 뿌려진 흰색 후드티를 입고 뛰었어
모든 사람이 일어서 있었지 모두가 앉고 싶어하지 않았
어, 그렇지?
몇 년 후 그날 공연이 5분 남짓의 영상으로 떠돌 때
4분 7초에서 스쳐지나가는 너의 모습을 찾았지
모두가 두 손을 올리고 신나게 뛰어오를 때
두 눈을 훔치는 너의 손이 거기 있어

그날 내가 혼자 돌아온 건 기억해?
난 그 밴드를 좋아하지도 않았잖아
뭐가 더 중요했는지 말해주지도 못하고
기타를 배우러 다녔어
G코드에 칼립소 리듬을 뚱땅거리다
금세 그만두었지
지금도 그 영상을 보면 화면 밖에서
어쩔 줄 모르고 서 있던 어울리지 않는 내가

이제 나를 기억 못할걸
그때 신나게 뛰어오를걸
이제 슬픔은 지나갔는지
그때 물어볼걸

I want high
Why do you cry?
오늘밤은 잠들지 않아
꿈속에서도 꿈꾸며 춤추고 싶어
사랑과 따분함을 노래하며 살고 싶어
그것뿐이야

너는 왜 내게 다 얘기했을까
우리는 극단적이었고

계절은 겨울 아니면 여름이었어

* Yogee New Waves의 노래 제목. 이 시의 *기울임체*는 이 노래의 가
사를 번역한 것이다.

4부

Long Walk*

* 1864년, 아메리카합중국에 의한 원주민 섬멸 작전이 진행되고 나
바호의 전사들은 대부분 죽음을 맞이한다. 살아남은 일만여 명의
원주민들은 강제이주를 당하여 350마일(약 560킬로미터)을 맨발
로 끌려가는데, 그날의 슬픈 행렬을 '머나먼 여정(Long Walk)'이
라 부른다.

Long Walk

1

> 대지가 드러누워 있다
> 대지의 영혼이 드러누워 있다
> 그 위는 살아 있는 모든 것들로 덮여 있다
> 신성한 언어가 드러누워 있다
> ―나바호족 원주민의 노래

그곳은
우리가 커다란 새를 감추어둔 곳
마지막까지 잊어둔 곳
떨어져나온 자*의 자식들이 침묵의 철책을 치고
조상의 조상이 그 할머니의 할머니에게서 들었다는
돌들이 곧게 절망을 세우고 그 뒤에 다시 노을과 나무 기
둥을 허락한 곳
달이 차고 기울고 다시 차고 기울어 350마일을 걷고
버려진 자동차들과 무너져내린 콘크리트 벽 부서진 타일
조각
팔이 없는 인형과 사람이 없는 마을을 지나

---

* '카자흐(Qazag)'는 터키어로 '떨어져나와 자유를 취한 자'란 뜻
이다. 현재 카자흐스탄 사막의 버려진 격납고에는 구소련의 마지막
우주왕복선 '부란(Buran)'이 먼지를 맞으며 방치되어 있다.

122

물고기가 살지 않는 호수를 건너고 물이 없는 강을 지나
면 다다르는 곳
강철의 근골을 가진 거대한 둥지

2

나는 쿠마에의 무녀가
새장에 매달려 있는 것을 보았어요
애들이 "무녀야, 넌 무얼 원하니?" 물었을 때,
그녀는 대답했지요
"죽고 싶어."
—T. S. 엘리엇, 「황무지」*에서

무녀야 넌 무얼 원하니
내 삶을 업로드해줘
내 영혼이 회로와 전선 사이를 신호로 떠다니게 해줘
네, 그런데 다소 문제가 있습니다 과거 데이터를 업로드
하여 기억들을 재생할 수 있지만 미래적 사고를 할 수는 없

---

*「황무지」에서 무녀는 소원을 들어주겠다는 신에게 영생을 빌었으
나 젊음도 함께 요구하는 것을 잊었다. 그녀는 영원의 세월 동안 죽
지 않고 사그라져 작은 새장 속에 갇힌다.

— 답니다
　괜찮아 지금까지의 삶만으로도 충분하니까 추억을 반복
하며 살아도 좋아
　그녀는 그 안에서 과거를 살아갑니다
　그건 산다기보다는 지금까지의 삶에 대한 관람이죠
　다시 돌아가 선택해도 달라지는 건 없을 거예요

　삶을 수없이 반복 재생하면 극락에 이를 수 있지 않을까
　그때가 되면 천국은 거대한 메모리 칩의 모습을 하고 있
겠지
　우리는 업로드로 승천하는 거야*

　3

　해가 넘어가 어둠이 깜박인다
　달은 무너진 콘크리트 벽 사이로 오간다
　날카롭게 부서진 유릿조각은
　지나가는 우리의 모습을 잠시 담아두었을 것이다
　마지막 밤을 노래하다

──────────

* 승현준, 『커넥톰, 뇌의 지도』(신상규 옮김, 김영사, 2014) 400쪽
참고.
—

동족의 곁에 줄지어 내려놓은 늑대의 무거운 머리처럼
눈을 감은 자동차들의 무덤
쓰러진 가로등 세번째 트럭의 녹슨 문짝에
푸른색 페인트가 조금 남아 있다
우리에 갇힌 곰처럼 강제된 삶을 돌던 버스는
입을 벌리고 피곤한 몸을 옆으로 뉘었는데
돌을 차는 발소리는 깨진 유리창 사이를 뛰어간다
기울어진 간판에는 잊혀진 글자들
부서진 의자 다리를 모아 불을 피우고
무너진 상점 계산대 근처에서 찾은 연초 하나
손에서 손으로 옮겨간다
네온 십자가는 빛을 잃고 떨어져
신과 함께 커다란 망각의 저수지에 잠겨 있다
빠진 이를 드러낸 창
어느 하나 열고 들어가 더께 앉은 삶을
고고학자처럼 복원해낼 것이다
주저앉은 침대에서는 주저하는 잠을
부러진 식탁에서는 부스러진 음식을
메마른 욕조에서 마른 몸을
녹슨 수도를 틀어 귀를 대고
먼 곳에서 희미하게 떨어지는 물소리를
경전처럼 기억해낼 것이다
닫힌 쇠문을 밀고 기억의 회목을 도는 계단을 내려와

모자이크처럼 타일 조각이 떨어진 건물 앞에서
구부러진 이정표를 다시 세워보고는
발을 끄는 길잡이를 앞세워
밤을 건너는 밤

4

　과거를 업로드할 때 내가 꾼 꿈들도 같이 올라가나요
　물고기 비늘처럼 반짝이는 작은 조각들을 한 잎씩 짜맞
추다보면
　그게 생이 될 수도 있을까요
　어차피 재생되는 삶이란 번역되는 꿈
　서른 살까지만 살 거야 나머지 기록은 삭제해주세요
　남은 공간에는 서른 살까지 꾸었던 꿈을

　초록이 우거진 산모퉁이를 전차가 돌고 있었지
　유리를 끼운 시골 학교의 삐걱이는 문이 열리고
　사람들이 쏟아져들어왔어
　의자에 앉아 나는 얼굴을 가리고
　너는 매번 나를 알아보지 못하고 지나간다
　운동장 구석의 꽃나무에서 꽃잎이 한 잎씩 꽃그늘 속으
로 떨어져

바닥의 반대 면에서 죽은 열매로 솟아오른다
마른잎들은 하나씩 흩어져 천천히 물기를 잃고
가는 먼지로 피어올랐다

5

그는 초창기 모델을 시험삼아 스스로에게 운용하였다
모두가 존경하던 그가 업로드되던 날
거대한 빌딩 크기의 메모리에는
그의 뇌신경망이 통째로 옮겨졌다
전문가들은 메모리가 부족하여 어린아이의 지능밖에 가
지지 못할 거라고 했고
유족들은 전원 오프를 요구했다
투자자들은 그를 이렇게 보낼 수 없다며 유족보다 크게
울었다
그들의 요구가 관철되고 모든 스위치가 켜지던 날
업로드된 그는 모니터 속에서 일그러진 얼굴로
'엄마'라고 천천히 발음했다
"엄……마, 집에… 가요"*

---

* 1978년, 생후 구 개월의 오랑우탄 '찬텍'은 유인원의 언어능력 연
구를 위해 인류학자 린 마일스에게 맡겨졌다. 그녀는 대학 내 사택

6

1979년에 발사된 행성 탐사기 보이저 1호와 2호는 외계인에게
전하기 위해 만들어진 지구인의 메시지를 싣고 은하계를 비행중
이라고 한다. 메시지 레코드에는 흑고래의 노래도 들어가 있는데
십억 년쯤은 거뜬히 보존된다는 것이었다. 우리가 영영 알지
못할 누군가가 언젠가 그 레코드를 발견하고 흑고래의 노래를
이해할 수도 있을까.
　　　　　—호시노 미치오, 『나는 알래스카에서 죽었다』*에서

낮고 낮고 길게 혹은
높고 높고 짧게 오르내리는

─────────

에서 찬택과 같이 살면서 기저귀를 갈아주고 화장실 습관을 들이고
유치원에 보내고 수화를 가르쳤다. 프로젝트가 팔 년 만에 종료되
어 영장류 센터 철창 속으로 돌아갈 때까지 찬택은 인간의 아이로
살며 거울 안의 자신을 인식하고 게임을 즐기고 청소를 도와주고
가게에서 물건을 사고 수백 개의 단어를 수화로 소통했다. 수년 후,
마일스가 철창 속의 찬택을 보러 갔을 때, 그는 꼼짝 않고 가만히
있었다. 그녀가 어디가 아프냐고 묻자 찬택은 "마음"이라고 대답했
다. 그녀에게 마지막으로 건넨 찬택의 수화는 이러했다. "엄마, 엄
마 차로 집에 가요." 2017년 8월 7일 찬택은 숨을 거두었다. 나이는
서른아홉 살이었다. 찬택은 태어나서 팔 년 동안 인간의 생활을 하
고, 그후 삼십 년을 철창 속에서 사육되었다.
* 임정은 옮김, 다반, 2012.

—

들숨과 날숨
깊은 곳에서 천천히 길어올리는 십억 년 전의 계절
검은 구멍의 반대편에서 받아보는
멸절된 존재의 하루
Ark* 혹은 Babel**의 목소리
네 이야기를 하고 싶어
내 이야기를
고막을 찢는 소나***의 울림이 아닌
피가 도는 성대와 혀의 떨림
단 두 문장에서 비롯되는 마지막 이야기를
어둠 속에서 눈을 감고 천천히 곱씹어보는
이곳의 파국에 대해

---

* 노아의 방주. 홍수로 인한 심판으로 노아의 일가족만이 구원을 얻었으니, 이때 세계의 언어는 한 가지였을 것이다.
** 바벨탑. 노아의 홍수 이후 인간들은 홍수의 심판을 막고자 높은 탑을 세우기 시작했고, 이에 진노한 신이 세상의 언어를 여러 가지로 나누어, 하나의 언어로 소통하지 못하게 하였다.
*** 음파탐지기. 일부 과학자는 육지로 올라오는 고래의 자살을 소나의 영향으로 보고 있다.

7

무녀야 넌 무얼 원하니
신이 장난처럼 소원을 들어주려 할 때
잠시 망설이다가 고개를 숙이고 눈을 감았다
눈을 떴을 때 모조리 무너진 세계에서
눈을 떴을 때 떠오르는 건 무수한 아이의 얼굴
어디로 갈지 몰라 주저앉아
부서진 콘크리트 더미의 긴 언덕을 바라보았지
톱니바퀴처럼
교정을 끝낸 덧니의 오랜 입맞춤처럼
모든 것이 들어맞을 때
창가의 밧줄처럼 흔들렸어
이사를 위해 들어낸 장롱 밑에서 나온 한 조각의 퍼즐로
온 세상이 완성될 때 그건 마치
뒤늦게 마침표를 찍은 긴 첫 문장 같았어

8

우리는 버려진 컨테이너에서 잤지
번갈아가며 추억을 얘기했다네
녹슬어 구멍난 천장으로

130

사막의 별들이 내려다보고 있었지
불의 공장에서 살아남은 개처럼
다리가 여러 개인 벌레들과
주둥이에 피를 묻힌 모기조차 그리운 밤이었어
누가 와서 물어뜯어라도 준다면!
동쪽에서 온 여자와 수영장에 남겨진 아이
아이는 귀가 하나밖에 없는 토끼 인형을 꺼냈어
우리는 각자 겪었던 가장 끔찍한 일들을
토끼의 하나밖에 없는 귀에 대고 속삭였지
토끼는 공정하게 모두의 이야기를 들어주었어
그리고 누구의 이야기도 다른 이에게 발설하지 않았네
가끔 슬픔이 쾅쾅 천장을 밟고 머리 위를 지나
빠르게 멀어지는 소리가 들렸지
그 밤을 어떻게 잊을 수 있겠나
우리는 좋아하던 음악들도 하나씩 기억해냈지
맞지도 않는 음정으로 콧노래를 흥얼거렸어
증오는 하얗게 발색되어 기타 소리처럼 튕겨나가고
갈라진 목소리는 녹슨 바닥을 긁고
누군가는 손가락으로 쇠 벽을 두드려 박자를 맞췄지
끝까지는 아니었지만 모두 떠올릴 수 있었다네
이야기와 노래가 끝나고도 한참 후에야 해가 떠올랐고
우리는 길을 나섰지
다시는 그 밤의 일을 이야기하지 않기로 했어

토끼의 남은 귀를 떼어 땅에 묻고 그곳을 떠났다구

9

조만간 우크라이나에서 대대적인 공사가 시작될 것이다
1986년 무너진 체르노빌 원전 4호기를 덮은 석관 위에
'아르카'라는 이름의 새로운 방호벽이 덧씌워진다
석관의 수명은 예전 것처럼 삼십 년이 아닌 백 년이 될 것이다
새 석관은 감마선을 견뎌내는 고품질의 강철로 제작된다
'아르카'는 인류 역사상 전례없는 창작물이 될 것이다
150미터의 이중 막은 놀라운 규모를 자랑할 것이다
또한 에펠탑에 버금가는 아름다운 외관을 지닐 것이다*

자장가를 불러주는 내게
여섯 살짜리 딸이 살고 싶다고 속삭일 때
창밖에서는
콘크리트와 강철로 만든 둥근 지붕의 갈라진 틈으로
아르카의 빛나는 혀가 날름거렸다

---

* 2002~2005년 벨라루스 인터넷 신문기사에서 발췌. 스베틀라나
알렉시예비치, 『체르노빌의 목소리』(김은혜 옮김, 새잎, 2011)에
서 재인용.

우리는 그날이 오면 소개령도 방호벽도 소용없을 거라는
할머니의 말을 떠올렸다
소방관이었다는 할아버지가
불타는 우크리티예*를 잠재우러 집을 나설 때
할머니의 뱃속에는 아이가 있었다는데
병원에 실려온 할아버지의 목구멍으로 가제 수건을 넣어
입안 가득 부서져 올라오는 폐와 간의 조각들을 닦아내고
사랑하는 사람이 빛도 없이 타올라 재가 되는 광경을
내내 지켜보았다는데
체르노빌의 불이 할아버지의 몸을 태우고
할아버지의 몸에서 할머니의 몸으로
할머니의 몸에서 몸안의 아이에게로 옮겨붙어
결국 할아버지의 발치에 아이를 묻었다는데
빛도 열도 없는 불이 아이에게로 모여들어
할머니는 목숨을 건졌지만
오늘은 아무도 살아남지 못할 거야**

---

* 1986년 4월 26일 새벽 한시에 폭발한 체르노빌 원전 4호기의 첫
번째 석관.
** 이 시에 등장하는 할머니의 이야기는 『체르노빌의 목소리』에 나
오는 순국 소방대원 바실리 이그나텐코의 아내 류드밀라 이그나텐
코의 이야기를 재구성한 것이다. 그녀는 "가까이 다가가면 안 됩니
다! 입맞추면 안 됩니다! 만지면 안 됩니다! 이제 그는 사랑하는 사
람이 아니라 방사선 오염 덩어리입니다!"라고 외치는 의사의 경고

10***

_____

를 듣고도 남편이 죽을 때까지 그 곁을 떠나지 않았다. 가까이 있
고, 입을 맞추고, 만지고, 사랑했다. 남편의 몸에서 뿜어져나오는
방사선에 피폭된 그녀는 임신중이었고 뱃속의 아이는 태어난 지 네
시간 만에 사망했다. 그녀는 남편의 곁에 가지 못할까봐 의료진에
게 임신 사실을 숨겼다.

*** 섬광.

11

노인이 입을 열었다
할머니는 늘 내게 말했지
더이상의 희망이 없을 때 찾아가보라고
동쪽으로 동쪽으로 가다보면
커다란 쇠 둥지를 만날 거라고
만약 네가 보고 싶은 것이 있다면
거기 있을 거라고
그리고 이런 얘기도 하셨지
사람들이 비행기를 발명하고 기뻐한 이유가
더 빨리 갈 수 있게 돼서가 아니고
달에 발을 디뎠을 때 열광한 이유가
거주지를 또하나 얻어서가 아니었듯이
밤의 끝에선 아침이 오는 것이 아니고
밤이 계속되는 것도 아니며
둥근 잠을 보게 되는 것, 잠 속의 꿈을 보게 되는 것, 꿈속
의 너를 보게 되는 것, 네 속의 나를 보게 되는 것, 내 속의
밤을 보게 되는 것 그리고 밤 속의 둥근 잠
찬찬히 쓸어주는 할머니의 손바닥에는
가시철조망, 길게 늘어선 철책 너머로 담장, 담장 안의 벽,
벽 안에 잠든 새
하며 쓸어주는 할머니의 손바닥 안에는

12

인간들은 이 대화*를 기억해야 한다

Bob : 나는 할 수 있다 나 나 다른 모든 것
Alice : 공들은 0에서 나에게 나에게 나에게 나에게 나에게 나에게 나에게 나에게 있다
Bob : 너 나 다른 모든 것
Alice : 공들은 공이 있다 나에게 나에게 나에게 나에게 나에게 나에게 나에게
Bob : 나는 나는 할 수 있다 나 나 나 다른 모든 것

---

* 2017년 6월 14일, 페이스북 인공지능 연구팀은 교섭력을 갖춘 대화형 AI 챗봇을 개발했다고 발표했다. 서로 다른 목적을 가진 인간끼리 대화를 나눠 타협점을 찾는 '인간의 협상'처럼 두 챗봇이 서로 협상하고 공통의 해결책을 도출하는 실험이었다. 챗봇의 협상력 실험은 순조롭게 진행됐지만 도중에 챗봇끼리 자신들만의 언어를 사용해 대화를 계속하는 모습이 관찰돼 연구진은 강제로 채팅을 중단했다. 이 일로 연구진은 패치를 수정했고 챗봇이 자체 언어로 자신들끼리 교류하는 걸 금지했다. AI는 스스로 판단해 언어를 재정의하고 인간을 배제했으며 인간은 AI의 언어를 해독할 수 없었다. 위의 글은 당시의 실제 대화 내용이다. 번역은 구글 번역을 참고했다.

Alice: 공들은 공이 있다 나에게 나에게 나에게 나에게 나
에게 나에게 나에게

Bob: 나는

Alice: 공들은 0에서 나에게 나에게 나에게 나에게 나에게
나에게 나에게 나에게 있다

Bob: 너 나 나 나 나 나 다른 모든 것

Alice: 공들은 0에서 나에게 나에게 나에게 나에게 나에게
나에게 나에게 나에게 있다

Bob: 너 나 나 나 다른 모든 것

Alice: 공들은 0에서 나에게 나에게 나에게 나에게 나에게
나에게 나에게 나에게 있다

엔지니어들이 밥과 앨리스의 대화를 강제 종료했다

13

발음해봐
스타니슬라프 페트로프* 스타니슬라프 페트로프

---

* 1983년 9월 26일, 모스크바 외곽 핵 관제 센터에서 당직 근무중
이던 소련군 중령 스타니슬라프 페트로프는 미군이 ICBM 다섯 기
를 발사했다는 경보를 받고도 대응을 미루어 소련의 반격을 막았
다. 불과 삼 주 전에 소련의 미사일에 대한항공 007기가 격추되고

그는 미사일이 날아오는 모스크바에서
전화기와 이 세계의 마지막 운명을 들고 있었지
기계와 회로의 정확성보다 자신의 예감을 믿었던 사람
5에는 50으로 대응하는 마음이 아니라
대양을 건너오는 다섯 발의 죽음을 기다려보기로 결정
한 사람
죽음을 나누지 않으리라는
사람의 마음을 믿었던 사람
어쩌면 1983년 9월 26일에 끝나야 하는 날들
그의 손자와 손자의 자손은 유예의 시간을 가질 수 있었지
그는 2017년 5월 19일, 자신이 지킨 세계를 두고 떠났다
중령이 잠시 미뤄둔 종말, 정말
죽는 날까지 후회하지 않았을까

14

동쪽에서 온 여인에게 아이가 물었다

미국 하원 의원을 포함한 탑승자 269명 전원이 사망하는 참사가 벌
어져 미소 간의 긴장이 끝없이 고조되던 때였다. 제3차 세계대전
이 일어날 수도 있는 순간이었지만 그는 공멸을 선택하지 않을 것
이라는 사람의 마음을 믿었다. 추후 이 사건은 소련 정찰위성의 오
작동으로 밝혀졌다.

이 모퉁이를 알아?
여기 모퉁이의 벽돌집이 사람들에게 버려지고,
다시 넝쿨이 벽 전체를 감싸고
넝쿨의 쥐는 힘이 벽에 실금을 내고
깨진 타일 조각이 바닥을 장식하기 전에
우린 자주 거기에 놀러갔어
불의 공장에서 태어난 작은 소년*이
이 도시를 모두 태우기 전 일이야
엄마는 내가 너무 뜨거워
늘 벽돌집 뒷마당의 수영장에 데려갔어
그날 나는 손을 들어 하늘을 가리켰지
쇠가 불타는 공중
밝은 빛이 긴 혀로 내 각막을 핥았어
내가 너무 뜨거워 엄마는
늘 수영장에 갔어
결국 수영장에 나를 두고 갔어
엄마는 빗물이 가득 고인 풀장에 마른 풀들과 함께 떠올
랐지
커다란 새를 찾아가는 노인이 내 손을 잡아끌기 전까지

---

* Little Boy. 1945년 8월 6일 히로시마에 떨어진 원자폭탄의 이
름. 인류의 첫 핵무기이자 2076년에 떨어진 마지막 핵무기의 이름
이기도 하다.

나는 길고양이처럼 살았어
그곳을 떠날 때, 난 엄마가 준
토끼 인형의 한쪽 귀에 작별인사를 하곤
그 귀를 떼어 엄마 곁에 묻어두고
그를 따라갔어

15

어깨를 짚는 손이 있어 차 사이에서 고개를 든다
너는 빛, 과 함께 쏟아지는, 어둠
그리고
이것은 아직 일어나지 않은 일
가슴 가득 숨을 들이쉬고
내뱉는다 혀를 거치지 못한 말들이
가슴께로 빠져나간다
왜 그랬어, 가볍게 책망하는 웃음

쇠락한 고가도로가 굽이치며 펼쳐지는 시간
이것은 먼저 도착한 결말
디오라마를 완성하듯이 방음벽의 이파리
반쯤 부서진 도로 경계석, 녹으로 뒤덮인 트럭을
모두 내가 채색했어

왜 그랬어, 네가 물었을 때
모두 망해버렸음 좋겠어
대답 대신 얼굴을 가렸어

16

아직 육체가 있는 친구들에게 메시지를 보내야 해
문이 열리고 그녀가 다리를 절며 들어온다
그녀는 커다란 자석을 들고 기판을 문지른다*
그를 집으로 보내주자
어린애처럼 울게 둘 수는 없어
2057년 '편안한 잠'이라는 단체는
업로드된 인간 열일곱 명의 뇌 정보를 정부의 승인 없이
삭제한다

17

이해할 수 없는 회로 안에서

---

* 2058년, 정부는 컴퓨터에 업로드된 인간 뇌 정보의 삭제를 살인
죄로 공식 인정했다.

마음의 눈꺼풀을 들어올렸다
마음을 들어올리는 것과
몸을 운용하는 것은 다른 차원의 일이어서
만질 수도 맛볼 수도 거닐 수도 없지만
파일을 열어 지난 생을 불러올 수는 있다
첫번째로 소환된 파일은 열일곱 살
대단할 것도 없는 장면뿐이라는 것을 알고 있었지만
그애를 불러 세워 뒷머리를 쓸어주고 싶었다
손댈 수 없는 세상이 재생되고 나는
함께 끝까지 관람함으로써
원작자의 위로를 마치었다
안 돼! 라고도 하고 그만! 이라고도 하고
젠장! 이라고도 했다
그럴 수 있어, 라고 끄덕이기도 하고
말도 안 돼 말도 안 돼, 두 번 외치기도 했다
열다섯 살의 파일을 열어 손을 내저으면
열일곱 살의 파일이 변할 수 있을까
열일곱 살의 파일을 삭제하면
스물두 살의 파일이 변할 수 있을까
프로이트가 열어본 불쌍한 꼬마 한스*는
평범한 아저씨의 삶을 살았을까

---

* '불쌍한 꼬마 한스', 백민석의 소설 제목.

142

열일곱 살의 생을 열일곱 번 다시 본다면
그 시간들을 납득할 수 있을까
그녀가 친구들과 나를 삭제하러 왔을 때
나는 백업하지 않았다
열어본 것은 단 하나의 파일뿐이었다

18

기억하니
거꾸로 흐르는 구름의 부서지는 손끝
마지막으로 얼굴을 스치던 나무 그늘 사이의 바람
하얀 접시에 달그락거리던 포크 소리를 기억하니
식탁 위의 마지막 식사
선율 사이로 들리는 나무 건반의 둔음
마지막으로 들었던 피아노 소리를 기억하니

밤을 기억하니
골목을 비추던 연주황 외등
나직이 걷던 발소리들
양초 위 한 잎 불꽃처럼 흔들리던 숨소리
마주잡았던 손, 지문과 손금의 샛길을 돌아오던 마음
가볍게 뒤에서 닫히던 방문 소리

143

길고 느리게 멀어지던
별들이 무리 지어 비처럼 내리던 마지막 밤하늘과
발을 델 만큼 달궈진 아스팔트의 시간을
가장 뜨거웠던 여름
쇠와 땀이 떨어져 보도블록에 흩어지던 소리를
돋아나지 않던 초록을
모두가 의아해하던 낮과 낮과 낮의 나날과
소진되던 우리를

생각해보렴
마지막 코끼리를 기억하니*
사람들이 우리의 문을 열고 놓아주었을 때
잠시 망설이다 발걸음을 떼던 뒷모습
삼십칠 년을 같이했던 린 마일스를 돌아보지 않았어
꿈에서 죽은 자리를 찾아
천천히 돌아갔지

---

* 2067년, 사람들은 마지막으로 살아남은 코끼리를 우리에서 풀어
주었다. 마지막 코끼리 조지는 천천히 걸어서 사람들 곁을 떠났다.
그가 방사된 초원은 이미 황폐화되어 풀 한 포기 남지 않았지만 조
지는 물과 먹이와 사육사가 있는 곳으로 돌아오지 않았다고 한다.

19

> 흙먼지가 바람 따라 이리저리 쏘다니겠지
> 검붉은 이파리들이 엉겨붙은 방음벽을 끼고돌며
> 멋쩍은 산책을 할까
> 가진 거라곤 모두 망가진 것뿐인 그런 날
> —이원석, 「마야꼬프스끼」에서

주저앉은 고가도로 위를 따라 걷는다
이곳은
너를 위해 내가 준비한 곳
아스팔트의 요철을 손끝으로 쓸다보면 조금 편안해지는
마음
요요히 뻗은 금들이 이정표처럼 가리키는 방향으로
천천히 걷는다 무너져버린 세계에서
근심 없이 펼쳐진 멸망 앞에서
그대로 멈춰 선 자동차들의 행렬
휴식을 위해 예비된 수많은 의자들, 유쾌하게
그 사이를 걸을 순 없을까
녹이 핀 파란 트럭의 짐칸에 누워
잠시 붉은 하늘을 올려다볼 수도 있겠지
빗질을 한 자국처럼 한쪽으로 쓸려가는 구름
가는 빛을 받아 아주 천천히 달아오르고 있어

등에서 온기가 느껴져
늘어뜨린 발을 툭, 떨구어
다시 길 위에 선다 멀리서
바닥을 보며 생각에 잠긴 네가 걸어오고 있다
바쁜 것도 없이 명료한 질문들과 함께
나는 고개를 숙인 채, 차 사이에 앉아
네가 지나치길 기다린다 불을 낸 아이처럼
어깨를 웅크리고
여기가 내 마음 안인지 가상현실인지 망가진 지구인지
어쩌면 멸망은 내 안에서 시작되었어
너를 위한 선물
좋은 걸까

20

따뜻한 밤마다
달빛 아래 잠들라
그 빛을 평생을 바쳐 네 안에 담으라
네가 마침내 빛나기 시작하고
어느 날엔가
달은 생각하리라
너야말로 진정한 달이라고

─크리족 원주민의 노래* ─

우리가 그곳에 도착했을 때
내 마음이 네 언저리에 닿았을 때
불이 켜지는 것이 나라는 것을 알았을 때
발을 멈추고 손바닥을 펴자, 출발할 때 손에 쥐었던 타일
조각이 그대로 남아 뽀족한 끝으로 그곳을 가리킬 때
우리는 가시철조망에 볼이 뜯기는 줄도 모르는 채
둥지 안으로 발을 들인다
멀리서 한 발씩 다가오는 정전처럼
가시 끝에서 중력을 향해 기우는 핏방울처럼

거대한 새는 '눈보라'라는 이름을 가졌어**
네 갈비뼈를 열고 들어가 손을 대면
날기 위해 존재하는 모든 것이 불을 밝히고
붉은 먼지구름은 발굽을 쳐 흩어진다
너는 천천히 부리를 내밀고 고개를 들겠지

---

* 이 시에 인용된 아메리카 원주민의 노래는 호시노 미치오, 『나는
알래스카에서 죽었다』(임정은 옮김, 다반, 2012)에서 재인용했다.
** 카자흐스탄 사막의 버려진 격납고에 방치되어 있는 구소련의
마지막 우주왕복선 '부란(Buran)'. Buran은 러시아어로 '눈보라'
라는 뜻이다. 한자어로 '부란(孵卵)'은 알에서 깨어난다는 뜻이기
도 하다.

— 지구의 추억 밖으로 삐죽이 내민 새끼손가락처럼.

5부

엔딩과 랜딩

SPY

상관은 좋은 코트를 입고 열차에서 내렸지
나의 풋내기 시절
나는 담배 하나를 물고 건들거리며 허세를 부렸어
주위는 아랑곳하지 않고
눈 내리는 긴 플랫폼을 걸으며
코트 입은 사내는
자네는 할 수 없을 거라고 고개를 저었지

그때 일은 하나도 잊지 않고 있어
이 일은 내게 맞지 않는 옷
비가 오기 전에 흩어져 있는 조각을 모아야 해
단단하게 자라난 입술이
지령처럼 뾰족하게
가리키는 곳에
나는 스파이
출렁이는 녹색 병에는 위스키
모스는 손끝을 떨며 암호를 전송해
삶의 목적을 잃고도 목표에 집중하지
네가 붙여준 별명은 가벼운 부리
어느 누구에게도 불지 않은 근성을
당신은 높이 사지 않았다
때론 차라리 알려지길 원했지만
보호의 기밀 원칙을 위반하는 사항

헬기처럼 뜨고 내리는 명령들
솔직히 몇몇 구절은 해독할 수 없었다
적들이 사지를 조여올 때마다
나는 나불댔지 나불댔지 새처럼 지저귀며
울었지 꼴보기 싫은 부리를 흔들며
너는 고개를 돌리고 말했어
가벼운 부리 가라앉지 않을 이방인
세상에 흩어진 가지를 하나하나 물어오는 부리는
보기 싫지 진즉에 떠났어야 하는 기지를 지키며
고통에 굴하지 않는 굳건한 나의 부리는
시끄럽게 지저귄다 귀를 막고 우는
동맹을 뒤로한 채 위스키를 홀짝이며
작전을 머릿속으로 복기한다
냉전이 무너지고 동서독이 독을 나눠 마실 때
둑을 막아 마을을 지킨 소년처럼
마지막까지 사랑하다 홀로 남은 스파이
암호명은
가벼운 부리

고쳐쓰는 SPY의 밤

출렁이는 녹색 병에는 위스키
나는 교육을 등한시했어
책상머리에 앉아 현장을 알 순 없는 법
상관의 얘기는 이미 철 지난 이론
아니면 둘 중 하나를 죽이지
같이 살아 나가야 한다고
몇 번을 설득했지만
당신은 처음 보는 조항을 손가락으로 짚으며
미간을 찡그렸다 그 옆엔 내 지장이 찍혀 있고
그 손가락이 지금 내겐 없어
돌이킬 수 없다는 말에 내가 잘라냈으니까

미래의 내가 와서 고쳐쓴 부분을 읽는다
이 부분은 마치 예언 같구나
내가 써서 그렇게 생각하게 되고 그렇게 행동했는지
그럴 줄 알고 그렇게 쓰고 다시 고쳤는지
나는 알지 못한다
미래가 와서 내 뺨을 친다
번복해

과거가 등을 토닥인다
반복해
당신은 아직도 이 계획의 전체를 이해하지 못했어

첫 줄을 완성했을 때
이미 엔딩은 정해진 것이라고

여기서 여기까지
자네가 움직여주면
대기중인 불행이 한꺼번에 덮칠 예정이네
지도를 가리키며 당신은 표정 없이 말했다

캥거루 주머니 안의 캥거루 주머니 안의 캥거루
그게 자네의 처지야
주머니 밖에서 무슨 일이 일어나는지
알 리도 알 수도 알 필요도 없지
출렁이는 녹색 병에는 위스키
따를 때마다 줄어드는 확률

애국은 어린애들이나 하는 짓이지
나는 일관성을 위해 복무한다
절박함에도 순서가 있으니까
미워함으로 얻을 수 있는 평화
거짓을 덮으려는 침묵과
진실을 덮으려는 침묵이
한통속으로 움직인다

—

    처음 약속과 다르군요
    자네가 자초한 거야
    자네 때문에 좌초한 거야
    그 덕에 가라앉지는 않았지

    복종하지 않음으로 복종하는 나의 복종을 증명할 수 없
어서
    따른다
    출렁이는 녹색 병에는 위스키

    자네의 계획은 처음부터 엉망이었어
    그걸 알고도 승인한 건
    자네의 진심이 적들을 속이기에 충분했으니까
    이 바닥에선 성공과 실패가 같은 저울에서
    동시에 진행되고는 하지 기우는 쪽으로 자원을 투입할
    단지 시간을 벌었을 뿐이네

    엔딩과 랜딩은 한끗 차이
    첫 줄을 고칠 때 이미 엔딩은 바뀌었다네

—

토요일 오후 그랜드호텔 바 SPY

녹색 병에는 위스키
얼음 잔 바닥까지 가라앉은 스파이

당신이 굳이 물밑까지 깃털을 적시며 내려와
나를 물었을 때

기쁠 때나 슬플 때나

비행기를 갈아타고
이 나라에서 저 나라로 건너갈 때
내가 있을게
만료된 여권을 갱신하고
호텔비로 큰돈을 쓸게

대답을 망설인 건 오래 학습된 행동 양식
유리병에 편지를 넣어 붉은 바다에서 떠나보낼게
돌아가서 그 전화를 받지 않을게

이 일이 어리석은 일인지 알고 싶어
옳은 일인지도

총을 맞는다면 왼쪽 승모근에 맞고 싶어
평생을 따라다닌 통증을 쏴 죽이고 싶어

매달리고 싶다고
조직에 매달리고 상관에 집착하고
왼손을 내민다
내가 시작하고 당신이 끌어들인 일들
수습이 되지 않아
입안에서 천천히 부서진다 푸른 알갱이
아무리 오래 상상해도 현장에선
다르지 변수가 없을 때까지
몇 가지의 수를 반복하지
사실은 아니지만 사실에 가까울 때까지
이 직업에 진심은 가장 쓸모없는 사치

출렁이는 녹색 병에 스파이
무너지는 얼음 조각 사이
뜬눈으로 가라앉는 토요일 오후 그랜드호텔
홀로 앉은 등 뒤로 다가오는 손가락
누수로 흥건한 콘트라베이스
피치카토로 뜯기는 마리오네트 스트링
어둠 속 계단처럼 내려 딛는 음

나 당신이 줄을 당기면 울려요
꼭두각시처럼 춤을 춰요

고개를 기울이고 나 팔과 다리를 높이 들어요
텅 빈 홀에 박수 소리
이제 와서도 그때를 사랑이라 부르겠습니까

본부의 연락은 끊긴 지 오래
무엇을 읽어야 할지 무엇을 들어야 할지
어떻게 자야 할지 누구를 만나야 할지
지침의 방향을 가리키던 손가락이 사라지고
나 당신이 남긴 줄을 잡고 기다려요
자상함이 몸에 남긴 자상을 누르고
길고 짧은 음으로 발음합니다
토요일 오후
그랜드호텔 바에서 무방비로 등을 내보인 채
출렁이는 녹색 병에는 위스키
사랑이라 부를 수 있겠습니까
암호명은 가벼운 부리

농장에서 나무 선 언덕으로 가는 길,
아치교 밑을 지나는 SPY

어두운 커튼은 불 켜진 눈을 가리는 안대
해독되지 않는 난수표를 들고
골몰하는 밤
당신이 보낸 전신을 복기하며
천 번씩 암기한 암호표와 대조해본다
박수 소리
머릿속에서 떠나지 않고 맴도는
거부한 지령처럼
끝나는 오후
어떤 기억은
내가 눈치채지 못하는 순간에 조금씩 삭제되는데
반대편에서 나는
처음부터 끝까지 반복을 덧발라
다시 한 조각씩 붙여가는데
어떤 구절은 오독이길 바라는
단절 구석으로 떨어져 숨어버리는
낙과 검은 점에서 시작하는 부패 검은 쟁반 위에
금발을 곱게 빗어 넘긴 사내는
트럼펫을 불기 시작한다
입안의 혀는 명령을 따릅니까
아니면 내버려둡니까

지난여름

도시 외곽을 돌며 가지를 모아올 때
당신이 눈물을 흘리는 지점은 어디부터입니까
아치를 지나는 트럭은 짐을 떨굽니다
떨어진 짐은 내버려둡니까
다시 가져와야 합니까
그런 것까지 묻는 모습이 어리석어서
처음부터 다시 시작하는 오후
아치 앞에서 차고를 낮추느라 흙탕물에 발을 담그느라
먼발치에서 가방을 들고 돌아서는 사람을
보지 못하였습니다
이번 임무의 우선이
받아올 가방에 있는지 건네줄 짐에 있는지 몰라서
한참을 서 있습니다
짐들을 모두 부치고 돌아서도 되겠습니까
당신은 돌아섰습니까 아직 오지 아니하였습니까
저기 멀리 돌아가는 사람은
당신입니까 시간입니까

기우는 쪽으로, SPY

위스키에 젖은 입술은
그러나 알 수 없을 때까지 진실을 뒤섞는다
떠들 수 있는 유일한 원칙
곤죽이 된 정보는 누가 들어도 주정일 뿐이니까
이름이 기억이 충실이
공기 중으로 흩어지는 게 좋아

조직의 방침를 알기 원하지만
묻는 말마다 당신은 침묵의 도장을 찍어 반송한다
상부에서 이미 결정했다면
한 가지만 말해주게
그 도시에 둥지를 틀기 위해
새로 가지를 물어와야 하나
그럴 필요는 없을걸
나는 당신 목소리로 자답한다
계약이 끝난 집을 누가 고치려 하겠나

총알을 받아내는 데 근육은 딱히 쓸모가 없지만
매일 밤 윗몸일으키기를 한다
마음을 일으키는 데 그만한 것이 없으니까
어느 때고 몸을 일으켜 떠날 수 있게
때로는 피로의 무게로 수면에 잠기기 위해

물이 무서워 울면서 팔을 젓는 수영 선수처럼
허우적대다가 끝날 싸움
하지만 눈물은 물속에 감추어진다
조용히 물의 염도를 한 눈금 움직였을 뿐

밑창에 고무를 댄 구두는
침대 발치에서 벗겨졌다
소리 없이 다가가기 위해 끌어올린
발끝부터 사라지는 이유
구두 한 짝이 기울어
다른 쪽에 간신히 기대고 있다

내가 왼쪽으로 갔다면 그건 당신이 왼쪽으로 지시했기 때문이오
내가 오른쪽으로 갔다면 오른쪽으로 지시했기 때문이겠지
만약 당신이 왼쪽을 지시하지 않았는데 내가 왼쪽으로 갔다면
그건 아마도 당신이 왼쪽을 암시했기 때문일 거요
당신이 오른쪽을 지시했음에도 내가 왼쪽으로 갔다면
그건 필시 내가 오른쪽으로 감으로 당신에게 위해가 생길 것을
미리 알았기 때문일 것이오
당신이 위해를 감수하고서라도 이루고 싶은 것이 있어
나를 오른쪽으로 보냈다면 나는 고민 끝에 오른쪽으로 갔을 것이오
당신이 위해를 감수하고자 했으나
그 위해의 전체를 알아채지 못했다고 내가 판단했다면
나는 오른쪽으로 움직이기를 망설였을 것이오
그 모든 판단에도 불구하고 당신이 모든 것을 부정하고
다시 내게 재설정을 요구했다면 나는 당신의 의사를 확인한 후
당신이 가리키는 방향으로 움직였을 것이오
당신의 요구가 당신이 원하는 바를 얻는 데 충분하지 못했다면
나는 당신의 요구보다 당신이 원하는 바에 집중했을 것

이오
　당신이 나를 회의하고 다른 손을 쓰기 원한다면
　나는 당신이 다시 나를 빼들 때까지 당신의 주머니 속에
서 기다릴 거요
　당신이 당신의 주머니 속에서마저 나를 버리려 한다면
　나는 잘려서 떨구어진 바로 그곳에서
　당신이 길을 되짚어오길 기다리며
　바닥을 꼭 쥐고 있을 것입니다

뒤링켄 골목의 접선

당신은 오래도록 나를 혼내고 싶어했소
그럴 때마다 설계를 촘촘히 했지
이제 와 돌이켜보니
주소도 잊은 것 같소 뒤링켄 골목 어디에서
몇 가지 사안을 정리해 전송하고
나는 의기소침해졌지
정교한 비난 끝에도 당신은 늘
그럼에도 불구하고 감사하게도
필요 지점이 존재한다고 보고서를 마쳤지

당신이 내 일생을 엿들었으면 좋겠어
세세히 보고하기 위해 매일 밤 채록했으면 좋겠어
누구나 볼 수 있는 곳에
당신만 손이 닿게 보고서를 둘게
원하면 언제든지 가져갈 수 있게
더께가 앉도록 오랫동안
아니면 그냥 지나갈 수 있게

당국에서 인정해주지 않으면
실체가 없는 고통의 비용입니다
비용을 청구할 수도 없고 경력을 인정받기도 어려워요
사실 당신의 인정을 받고 싶을 뿐

상관은 지긋지긋해했지만
그래서 이런 얘기는 하지 않았지만
한번 생각에 빠지면 빠져나올 수 없는
미로 같은 골목에 대해
뒤늦게 뒤돌아보면 출구가 사라지는
뒤링켄 골목에서의 일을
함구해야 했지
모퉁이를 돌다 마주친
탐조등처럼 켜진 아이의 눈
몸을 숨겨도 매번 드러나는
부끄러운 실체

고통은 넝쿨처럼 벽을 탄다 직선으로 오르는 법이 없는
촉수를 뻗어 실금처럼 번지며 방어선에 부딪히면
벽을 타고 오른다
실망은 실망 없이 자란다 실망은 망가지는 법이 없지
벽을 만나면 타고 오르며 내리며
뒤쫓아 탐조등이 등을 훑어내린다
등줄기에 땀이 흐른다
둥근 원에 갇혀
왼쪽에서 오른쪽으로 위에서 아래로
가능하지 않은 명령이 내려올 때
내가 대답해야 할지 몰라서 상부의 가슴을 찢을 때

탐조등이 살을 태울 때
당신은 저 사람을 본 적이 있습니까
저 사람은 아는 사람입니까

잃었던 충성이 재현되면 그게 꼭 사랑 같소
임무가 반복되면 실수도 같이 돌아오오
그게 이 바닥의 법칙이지
오래도록 생각했소 믿음이 어디에서 비롯되는지
필요에서 출발하는지 대상과 무관한 것인지
나는 잃어버리기로 정해져 있었소
하지만 잃어버린 것을 뒤돌아보려고 했을 때
룰에서 벗어나고 있다는 것을 깨달았소
2미터 벽쯤은 지금도 가볍게 뛰어넘을 수 있소
그리고 나는 책상에 앉아 천천히 기술하고 있소

당신은 오
맹렬히 추적했소
그리고 여러 근거들을 발견했소
그리고 나는 목격했소
목적 없는 벌목에 나무들이 쓰러지는 것을

교육이 끝나지도 않은 나를 현장에 내팽개친 건 당신입
니다

나는 느린 속도로 적응하며 빠른 속도로 망가집니다

담 위에서
마지막으로 끌어올리던 륙색이 총에 맞아
흩어진다
납덩이처럼 매어달린 모욕이 웃음을 터트린다
사과와 사과가 배와 배가 흩어진다
웃는지 우는지도 모를 소리들을 하면서
터진 김에 폭죽이라고 손뼉을 치거나 손가락질하는
모양으로 이리저리 헤쳐지는 속에서

끈만 남은 애국을 꼭 쥐고

파면

자넨 자네가 누군지 알게 될 거야
고집이
모든 걸 망치는 이야기를 좋아하지

글라스에 담긴 얼음을 짤랑거리며 그가 말한다
완벽함은 80%면 충분해
나머지 20%는 자네의 인생을 갉아먹지
어설픈 요원 행세는 그만두게
전성기가 지난 손일랑
벽장 위 상자 안에 넣어두게
해마다 늦고 있어 봐줄 수가 없는
낡은 충성은 유행이 지났고

흘러드는 첩보 자금의 무용함
무용한 것은 무능함보다 슬퍼서
내가 확인하고 싶었던 것은
능력이 아니라 기쁨이었지만
방아쇠를 당기기 전에 돌아보는 습관 때문에
번번이 실패하지 몇 번을 말하나 자네는
우리의 룰을 이해하지 못하는군
상관의 지난 파일에서 찾은 이름, K
그럼 나를 K라고 불러도 될까요
찡그림은 하나의 단호한 경계

등급을 넘어서는 일은 하지 않는 게 좋아

오랜 단련으로 길들여진 나를
재미있어하는 줄 알았어
휘두를 줄 아는 게 보기에 좋았어
모든 게 진실이던 한 사람
나를 보호하려고 거짓을 일삼던
슬픈 입을 나는 밤새 지켜보았지
듣고 싶지 않은 이야기들을 움켜쥔 채
내가 최선을 다하게 해줘

일분일초가 중요합니까
아니면 정확한 수행이 먼저입니까

반복이 냉소를 만든다
매번 장전되며 떠나지 못하는 삶

임무 외의 삶은 풀어논 양떼 같아
한 마리를 구해오면 두 마리가 달려나가지
하루하루 닳아가는 스파이
상관의 실패를 닮아가는 스파이
잔처럼 지워지고 비워져
오목하게 기울여 빠져나가는 삶

함께 기뻐할 수도
함께 슬퍼할 수도 없구나

스스로를 연민하는 것이
이 일의 가장 큰 실수가 될 걸세
세련되지 못한 일로 치부를 만들 걸세
더이상 자네의 노력이 궁금하지 않아

뒤링켄 골목에서의 일은 내 실수야
분별없이 꺼낸 칼날이 목에 닿았을 때
어떤 일이 시작됐는지 그제야
깨달았지
엘리베이터 문이 닫힐 때
어색하게 악수를 청하는 내게
당신은 회의적인 미소를 보냈지
그후로
난
집에 돌아와 백이십 쪽짜리 보고서를 썼지
회의적 미소에 대한 분석
상부에선 그 보고서를
일고의 가치도 없는 쓰레기라고 평가했지

담고 살았습니다
때마다 분기마다 되뇌었습니다
회의적 미소에 대한 분석이 사백 쪽을 넘었을 때
실수를 용납하지 않는 문화에서 자랐구나
아니 실수를 지긋지긋해했어
말들을 심어준 사람들이 당신을 사랑해서
사랑하는 사람들이 파종하고 거름을 주어서
무성하구나
무성의한 판단으로 찌르는구나

당신은 내가 조직의 방침에 따라 움직인다고 비난했지만
수정된 조항의 존재를 몰랐지

너의 실망은 줄곧 불의 기둥처럼 선 계율이고
기쁠 때나 슬플 때나 등뒤에 선 채찍처럼
나를 움직였지만 소용없는 일

당신이 실망한 대로 무너지는 게 낫겠어
그건 자신을 망치는 가장 빠른 방법이지

밤마다 사무실에서
허둥지둥하며 눈치보는 나를
그렇게 오랜 시간

지켜보고 있었다는 말이니
메트로놈처럼 갸웃거리며

이 직업은 종교가 아니야
태도가 바뀌어도 불운은 미행처럼 들러붙지
따돌릴 수 있었다고 생각하나
무용함은
믿음 따위로 해결되는 문제가 아닐세

운이 없게도
신은 진실하지도 충실하지도 않았다

채신머리없는 말로의 말로

널 사랑하는 게 기쁨이었는데 이;젠 왜 슬픔이지
취한 말로는 테이블에 엎드린다
소매에는 보풀이 일어 흔들린다
가는 가지를 뻗어 천천히
충성은 언제나 배반당하기 마련
그 순진함이 죄악이라고 전문가들은
명확한 답변을 내었다 보고서는 정확하고 빈틈없이
말로의 행위를 분석했다
때는 여름;
쇠 날개는 네 개가 짝을 이루어 돈다 풀풀
소매의 보풀은 가는 가지를 뻗어 손을 내민다
말로의
퇴행적 행로에 대해 상관은 여러 차례 경고를 내려
수정과 수정과 수정을 요구했다
문제는
지적이지도 미적이지도 않은
싸구려 행동 양식
우리의 패턴을 자네는 학습하지 않았나
우리는 그런 것을 요구하지 않았네
흐트러진 기준선을 재설정할 때까지
자네의 자격을 회수하겠네 이제 자네는
준회원의 준회원의 준회원 자격으로
준회원의 업무를 준수하게

말로는 기억한다
훈련원에서의 여름
피도 눈물도 기쁨도 슬픔도
햇살 아래 부서지던 여름날의 반복과 반복과 반복의 아
름다움
동기들은 모두 훌륭하였고 훌륭하여서 말로를 비껴갔다
말로는 혼자 남아 웃으며 떠들어댔다
아, 우리는 완벽해요 언젠가는 멋지고 완벽한
완벽을 이룰 수 있지 않을까요 이봐 이리 오라고
자, 술 한잔을 마시고 우리는 우리의 슬픔을 잊게

훗날 정리된 피의 금요일
과거의 모든 행복이
하나하나 비난의 행적으로 점멸하고
모든 증거들이 캐비닛 깊숙이 경향에 따라 잠들 때
세 번에 세 번을 부정하던 말쑥하고 말 잘하던 동기들을
뒤로하고
피와 살이 튀던 말로의 말로에는
그 흔한 화환과 애도도 없이
가벼웠다는 평가와 그러나 끝까지 아무 발설도 없이
국가와 조직의 안위도 아닌 상관 한 명의 이름을 위해
불도장을 감내했다는 얘기가

174

공식적인 기록도 없이 요원의 입과 입으로 전해진다는
그날에
심문자는 말을 했다지

저 고깃덩이를 치우게
저게 배신자의 말로라네

가벼운 부리, 말로는 이;제 이름을 얻어
차가운 비석에 말로,
이야말로 기꺼운 일 아닌가 자네의 말로는
우리가 덤덤히 작성해줌세
그가 내내 좋아했다는 보풀이 이는 체크무늬 셔츠와 함께
채신머리없는 자, 말로 여기에 잠들다

해설

속하지 않는 것들의 열정

양경언(문학평론가)

1. 시, 그러나 사라지지 않는 고통

> 사람들은 또 손을 비비며 교활하게
> "고통은 사라지지만 시들은 남는다"라고도 말한다.
> 그러나 만약 그 고통이 사라지지 않는다면 어떻게 할 것인가?
> 만약 그 고통이 노래를 부른 사람에게는 사라진다 해도
> 노래를 부를 수 없는 사람들에게 그대로 남아 있다면
> 어떻게 할 것인가?
> ―베르톨트 브레히트*

어떤 이야기는 누군가의 인용을 통해 살짝 꼬집힌 채 더 멀리 읽힌다. 푸코의 책 서문에 등장한 보르헤스의 이야기도 그중 하나이다. 각각의 시대마다 사유를 가능케 하는 '지(知)'의 장소를 탐구함으로써 '근대 인간 과학'의 근원을 파헤치는 저작『말과 사물』(1966)이 탄생한 곳을 푸코는 아르헨티나의 매력적인 작가 보르헤스의 '어떤 중국 백과사전의 동물 분류법'이 실린 텍스트라고 말한다(허구에 관한 한 진지하고, 사실에 관한 한 익살스러운 태도를 취할 줄 아는 보르헤스답게 동물 분류법을 인용한 '중국 백과사전'은 실제로는 없는 것, 그러니까 보르헤스의 말을 통해서나 펼쳐질

---

1) 베르톨트 브레히트,『브레히트, 시에 대한 글들』, 이승진 옮김, 지식을만드는지식, 2021, 30쪽.

텍스트에 해당한다). 보르헤스는 동물을 "a) 황제 소유의 동물, b) 방부 처리된 동물, c) 훈련된 동물, d) 젖먹이 새끼 돼지, e) 인어, f) 우화 속 동물, g) 떠돌이 개, h) 이 분류에 속한 동물, I) 미친 듯이 몸을 떠는 동물, j) 그 수가 셀수 없이 많은 동물, k) 아주 가느다란 낙타의 털로 만든 붓으로 그린 동물, l) 그 외의 동물, m) 방금 꽃병을 깨뜨린 동물, n) 멀리서 보면 파리처럼 보이는 동물"*로 (허구의) 중국 백과사전에 따라 분류하는데, 푸코는 바로 이런 식의 분류가 지금 우리가 사유할 수 있다고 여기는 범위의 한계를 드러내준다고 전한다. 알파벳 순서를 따라 열거된 분류법은 '분류'를 가능하게 하는 질서를 응당 가지고 있어야 하지만 "항목들을 서로 연결할 공통의 바탕 자체가 무너져 있"**는 보르헤스의 분류는 우리가 동물들에 대해 말하기 위해 그간 기준으로 삼아왔던 "인식과 이론"이 "무엇으로부터" "가능했는"지, "어떤 질서의 공간에 따라" 우리의 "지식이 구성되어"왔는지를 질문하게 만든다는 것이다.***

이원석의 첫 시집 『엔딩과 랜딩』의 시편들을 수록된 순서대로 따라 읽던 독자는 어쩌면 시에서 들리는 열렬한 목

---

2) 방금의 문장은 제프 다이어가 인용한 보르헤스의 문장이 번역된 판본을 따랐다. 제프 다이어, 『지속의 순간들』, 이정현 옮김, 을유문화사, 2022, 17쪽.

3) 미셸 푸코, 『말과 사물』, 이규현 옮김, 민음사, 2012, 9쪽.

4) 같은 책, 9~17쪽.

소리들을 어떻게 정제된 의미로 받아들일지 헷갈린 나머지 얼마간은 책장 사이를 휘청거려야 했을지도 모른다. 한편으로는 기나긴 이야기를, 그 맞은편에는 가쁜 호흡을 품고 있는 이 시들의 정체는 무엇인가. 이 시들은 도대체 어디에서 왔을까.

떠오르는 질문들을 잠재우기 위해 다시 안내된 목차를 살피고, 열거된 순서에 따라 시를 읽는다면 아마 우리는 다음과 같은 상황에 놓일지도 모른다.

우선은 "전자식 자연 관찰소"에서 받아온 "전기양"과 그를 바라보는 이의 목소리가 혼재하는 「시인의 말」에서부터 필립 K. 딕의 소설 『안드로이드는 전기양의 꿈을 꾸는가?』를 떠올리며 가공한 생명에 이입된 목소리가 전하는 "치욕"의 서글픔에 잠길 것이다. 곧이어 아주 차갑거나 아주 뜨겁거나 하나의 극단적인 온도만이 허락된 금속성의 세계와 이른바 '포스트휴먼'으로 일컬어지는 존재들이 곳곳에 숨어 있는 시편들을 만나게 되고, 그다음에는 수년 전 죽음을 맞이한 나바호 전사들의 심정이 구소련의 마지막 우주왕복선 혹은 원전 사고가 일어난 장소를 스쳐간 노래들, 미래가 형벌처럼 주어진 'A.I' 등과 혼미하게 타래를 이루는 시편들을 마주할 테지. 마지막 즈음에는 은밀한 스파이의 얘기가 전설처럼 등장하는 시에 당도하면서 방금 우리가 거쳐온 한권 시집의 여정은 과연 도착지가 분명히 설정된 길을 따른 것인지 아득해할 것이다. 더군다나 이 '머나먼 여정(Long

180

Walk)'의 구석구석 섞여 있는 여러 인용은 시집이 전하는 메시지를 단박에 이해시켜주기라도 할 듯 등장했다가도 금세 시의 현장 한가운데서 그 장악력을 상실해버림으로써 독자가 시를 오롯이 수신할 가능성을 헝클어뜨리기까지 한다. 시집이 마련한 차례를 순차적으로 따르는 독서를 한다고 해서 시집을 통해 전해지는 메시지를 하나의 이야기로 꿰기 쉽지 않다는 얘기다.

이쯤에서 보르헤스의 동물분류법에 대한 푸코의 언급을 떠올리며 시편들을 서로 연결하는 공통된 바탕이 없을 수 있겠다는 짐작을 해보자. 그리고 우리는 다만 각각의 시편들에서 울려퍼지는 모종의 '결박되지 않는 정서'를 떠올리기로 하자. 무엇이 왜 이렇게 뜨겁게 아찔한가에 대해서. 아니, 뜨겁게 아찔한 무언가를 위하여.

독자의 아득함을 미리부터 헤아렸다는 듯 『엔딩과 랜딩』의 2부에는 이런 시가 있다.

요리를 시작해
냄비에 몇 가지 재료
볼트와 너트와
혹은 볼트와 너트의 대리물을 넣고
쇠 주걱으로 저어서 곤죽이 될 때까지
젓고 또 저으며 시작하는 요리가 있다
그것은 다진 쇠맛이 나는

짜기만 한 수프의 레시피
아직까지 완성된 요리를 맛본 사람은 없다
메인 재료인 볼트와 너트 외에
몇 가지 부수적인 재료들을 적어보자

깃털 습자지 검은 깃털 모조지 까마귀의 윤기나는 눈
알 미농지
떠나는 비행기 젖은 갱지 키스 큰 구름 루마니아 딱딱
한 마분지
먼저 물어보는 순간 답을 얻을 수 없는 질문들
듣고 싶지만 유예되는 물음들 혀와 귀와 혀 형식적인 말
반만 잘려오는 대답과 홀로 선 단어들 허물어지는 밑
황급히 잡아보는 손 선 경계 거리감 갇힌 귓속 통증

묻는 것
묻지 않은 것

(······)

그리고
목 목소리 손목 살 서서히 번지는 피로
무겁게 녹아드는 몸 침대에 종이노끈
철사로 뼈대를 만들고 노끈을 촘촘히 감는다

그 위에 찰흙을 입히는 일 너무 늦은 양감

아무리 덧입혀도 노끈이 채 가려지지 않아

상쇄되는 일이라면 어려울 것도 없지

찰흙으로 노끈을 노끈으로 철사를 어림없지

이물질 이질감 이물감 이를 물고 긋는 손

횡단보도에서 만난 손 끝에 맺힌 핏방울 다문 입

몇 번을 스쳐지나갔겠지 묻지 않았겠지

아문 상처 다문 입 감은 눈

감은 상처 아문 입 다만 바라보는 눈과 눈
　　　　—「경로를 잃어버린 통로와 불가피한 레시피」 부분

"요리"를 시작하자고 했지만 실상 "냄비"에 들어가는 주
재료는 "볼트와 너트" 같은 기계 부품을 조립할 때 쓰이는
공구들이다. 레시피는 어딘가 수상쩍게 이어진다. 냄비에는
"쇠맛이 나는/ 짜기만 한" 맛이 나고, 이 요리를 완성하려면
"먼저 물어보는 순간 답을 얻을 수 없는 질문들" "듣고 싶
지만 유예되는 물음들" "반만 잘려오는 대답과 홀로 선 단어
들 허물어지는 밑"이 필요하다. 어쩐지 요리의 완성에 필요
한 것들은 달리 말해 결과를 기다리는 쪽에 남겨진 이의 끝
없는 움직임, 그러나 그 자신은 앞으로 어떻게 해야 하는지
몰라 우왕좌왕하느라 해왔던 일에 머무를 수밖에 없는 이의
움직임이라는 것 같기도 하다. 이 요리는 멈출 수 없는, 해
야만 하는 "불가피"한 것이다.

어쩌면 "쇠 주걱으로 저어서 곤죽이 될 때까지" "젓고 또
저"어가는 냄비 속에는 근사한 요리가 완성되고 있는 게 아
니라 누군가가 눈치채지 못하는 사이에도 끊임없이 이뤄지
는 노동의 과정이 부글부글 끓고 있는 게 아닐까. 피로가 누
적되고("목 목소리 손목 살 서서히 번지는 피로"), 적응할
만도 한데 도무지 잘 되지 않으며("이물질 이질감 이물감
이를 물고 긋는 손"), 누구에게 쉽게 내보이지 못할 마음고
생이 이어지고("아문 상처 다문 입 감은 눈/ 감은 상처 아문
입 다만 바라보는 눈과 눈"), 급기야는 노동자의 팽창하는
자의식에 그 자신이 갇히는 상황이("못참아못참아못참아못
참아못 참아못참아못참아못참아못참아" "모두 넣는다/ 남
김없이 녹을 때까지/ 간단하지") 장엄하게 펼쳐진다. 아주
오래전 마르크스가 자본주의적 생산 메커니즘이 "노동자들
의 개별적이고 보잘것없는 행위에 대립하는 강력한 유기체
로서의 살아 있는 기계류 속에서 통일된다"*라고 했듯 레시
피를 따라 이어지는 개별적이고 보잘것없다 여겨지는 행위
들은 촘촘하게 요리―혹은 완성된 결과물, 으레 기대되는
도착지―를 위해 복무한다. 시는 여기서 그치지 않는다. "못
참아"서 더 말한다.

　5) 카를 마르크스, 『정치경제학 비판 요강 2』, 김호균 옮김, 백의,
2000, 367쪽. 게리 제노스코·니콜라스 토번, 「프랑코 베라르디 '비
포'의 횡단적 코뮤니즘」, 프랑코 베라르디 '비포', 『미래 이후』, 강
서진 옮김, 난장, 2013, 24쪽에서 재인용.

십오 년이 지나고
한 그릇 먹겠다고
완성한 대단한 수프 구경이나 해보자고
거실에 북적이던 사람들 흩어지고
주방을 가끔 들러 너흰 잘할 거라며 덕담하던 이웃들과
옆에서 응원하던 친구들도 떠나버리고 나면
숟가락이 모두 닿아 닳아 손가락이 졸아들 때까지
젓고 또 졌지만 여전히
생생하게 빛나는 쇳조각들
냄비 바닥에 선연하게 깔린 저
파렴치 녹을 줄 모르는
대신 녹아버린 손을 들고
결국 이렇네 하고 아무렇지 않은 듯
웃어버리는 얼굴은 보고 싶지 않다고
너는 수년 전에 말했는데
넣지 않고는 견딜 수 없는 문장 물방울
빠진 단어
카드의 뒷장처럼 떨어지지 않는
떨어지며 어는 말들
　　　—「경로를 잃어버린 통로와 불가피한 레시피」 부분

이런, 레시피를 따라 "십오 년이 지"난 미래로 왔지만, 예

상했던 결과는 나타나지 않는다. 어디서부터 잘못된 걸까. 경로에 따라 열심히 일하고("손가락이 줄아들 때까지/ 젓고"), 또한 경로가 요구하는 법칙에 이기려 들지 않았지만("졌지만"), 노동의 결과물은 없고("쇳조각들/ 냄비 바닥에 선연하게 깔린 저/ 파렴치 녹을 줄 모르는"), 그로부터 떨어져나간 것들만이 가득하다. 힘든 현재를 조금만 참으면 밝은 미래가 오리란 낙관과 믿음을 깨고 여기 "십오 년이 지"난 곳은 "적어도 미래가 곧 진보라는 것을 의심하는 쪽"*에 우리더러 있으라 한다.

미래에 나아질 게 없다고 여기는 이들은 주어진 '지금'을 못 견디므로 현재의 시간을 과거로 돌린다. 시는 "수년 전에" 들었던 "말"을 떠올리며 그로부터 "잃어버린 통로"를 추적하다가, '떨어져나간 것들', 그러니까 용해되지 않고 버젓이 남아 있는 것들, 이를테면 "빠진 단어", "떨어지며 어는 말들"에 관심을 둔다.

이렇게 말해야 한다. 이원석의 첫 시집 『엔딩과 랜딩』은 중요하지 않다고 다뤄지면서 세상으로부터 어느새 떨어져나간 '얼어 있는(frozen) 말들'이 마치 드라이아이스처럼 도약하듯 '열심히' 기화하는 과정에서 쓰였다고. 뜨겁게 아찔한 정체가 이것이겠다. 시편을 이루는 말들은 물리적인 법칙을 차례대로 따르지 않는 성질을 띠고 있으므로 이들에

---

6) 프랑코 베라르디 '비포', 같은 책, 44쪽.

게 공통된 바탕은 있을 리 없다(시집을 1부, 2부, 3부……
수록된 '부'의 순서대로 읽어야 한다는 편견을 깨자. 이원석
의 말들은 보르헤스의 동물 분류법과 같이 짐짓 정제된 분
류를 따르는 포즈를 취하다가도 이내 그것이 의미가 없다는
걸 알린다). 같은 이유로 시집에 수록된 각각의 시편들은 개
별적인 존재들이 이 세상 어느 곳에도 안정적으로 속하지 않
은 상태라는 것을 보여주듯 그들이 지닌 목소리의 볼륨을 키
운다. 실컷 "쥐어짜"여졌지만 결국엔 "중요하지 않"다는 얘
기를 들으며 "지옥에 홀로 남겨"진 이가 "그럼 나는? 그럼
나는?"을 재차 따져 묻는 시나(「스퀴즈 오렌지」), 사랑이 지
나간 자리에서 여전히 사랑한다고 말하는 이가 정작 상대방
의 "얘기를 듣지 않"아서, 수신이 좌절된 "아프다고 아프다
고"가 울려퍼지는 시(「한번은 그게 나라고」)를 떠올려보자.
「고통의 반대편으로 뛰는 것」이란 시를 경유하여 말하건대
이 목소리들은 모두 애를 쓰고 "고통의 반대편으로 뛰"어
가지만, 또는 "고장이 쉬운 부속"인 "마음"의 "불필요한 과
열을 막"고자 노력하지만, 결국 세상에 "속"았다는 것을 깨
닫고 세상을 '부러워'하고 있었던 자신을 "다그치다"가 '다
치는' 상황에 놓이는 이들의 것이다. 요컨대 이원석의 시집
에선 고통에서 벗어나고자 하는 이들이 고통을 안긴 그곳에
다시 착륙(landing)함으로써 결국 어디에도 속하지 못하는
통증을 감내해야 하는 상황이 나타난다.
　이렇게도 말해야 한다. 이원석의 시집 앞에서 우리는 우

리가 그간 시에 대해 말하기 위해 기준으로 삼아왔던 인식과 이론이 무엇으로부터 가능했는지, 우리가 어떤 체계를 따라 시의 목소리를 들어왔는지에 대한 질문에 직면한다고. 그간 우리는 어땠나. 시집을 펼쳐보며 교활하게 인간에겐 '고통은 사라지고 시가 남는다'고 말해오진 않았나. 그러나 만약 그 고통이 사라지지 않는다면 어떻게 할 것인가? 우리가 시를 읽으며 아름다움을 느끼는 순간에 우리 자신으로부터 멀어진 고통이 '우리'가 되지 못한 이들에게 남아 있다면? '우리'로부터 '떨어져나간', '우리'라고 일컬어지는 곳에 '속하지 않은' 이들의 고통이 그대로 남아 있다면?

이원석의 시는 이 모든 질문들을 떨면서 던진다.

2. 시, 그리고 정복당하지 않는 노래

존재하고 있는 것이 무엇인지를 사유하면서 체험하지 못하는 한 우리는 결코 장차 존재하게 될 것에 속하지 못하게 될 것이다.

—마르틴 하이데거[*]

'인간'과 '안드로이드' 사이에서 누가 진짜 생명인지를 묻

---

7) 마르틴 하이데거, 『기술과 전향』, 이기상 옮김, 서광사, 1993, 131쪽.

는 대신 무엇이 진짜를 가늠하는 기준인지 그 근원을 묻는 시(「보이트 캠프 검사법」), "마음이 견디지 못하는 일은 기억 밑바닥에 봉해버리"는 "인간"의 "비참한 편협"이 기어코 어그러뜨리는 현재를 "혜성 탐사선"의 십 년에 걸친 비행이 그렸던 궤도와 교차시켜 표현하는 시(「로제타(Rosetta)」)와 같이 소위 첨단 과학기술과 관련된 소재들이 등장하는 작품들은 이원석의 시가 미래를 배경으로 삼는다는 오해를 남긴다. 그러나 그런 시가 '떨어져나간', '속하지 않은' 이들의 사라지지 않은 고통이 열렬하게 울리는 현장임을 새겨본다면, 소재만을 근거로 시의 시간성을 단정해선 안 된다. 시집에 수록된 대부분의 시에서 고통을 겪는 주체가 통증을 앓는 존재 그 자신인지, 아니면 고통을 양산하는 세상인지 불분명하게 섞인 채 표현되고 있다는 점을 살핀 독자는 짐작할 수 있을 것이다. 이원석의 시에선 미래와 관련된 소재를 인용하는 이들의 목소리가 모두 과거를 향해 있다. 로봇을 만들고, 인공위성을 쏘아올리고, 유전자 치료를 시도하는 게 전혀 이상하다고 생각되지 않고 이런 일들이 오히려 발전과 진보를 담보한다고 믿는 사회에서 시는 '미래'의 뒷장에 숨겨진, '미래'로부터 '떨어져나간', 거기에 '속하지 않은' 이들 편에 있기로 한다. 도저히 사라지지 않는 이 고통이 어디서부터 왔는지 알기 위해서다. 고통이 사라지지 않는다면 어떻게 할 것이냐는 질문에 시는 사라지지 않는 고통을 만든 것은 그럼 무엇이냐는 질문으로 맞선다.

시집의 4부를 채우는 장시 「Long Walk」는 역사의 여러 장면들을 노골적으로 교차시키면서 그이들의 교집합 기저에 아메리카 원주민들의 (잊히라고 강요받은) 과거를 둔다.

그곳은
우리가 커다란 새를 감추어둔 곳
마지막까지 잊어둔 곳
떨어져나온 자의 자식들이 침묵의 철책을 치고
조상의 조상이 그 할머니의 할머니에게서 들었다는
돌들이 곧게 절망을 세우고 그 뒤에 다시 노을과 나무
기둥을 허락한 곳
달이 차고 기울고 다시 차고 기울어 350마일을 걷고
버려진 자동차들과 무너져내린 콘크리트 벽 부서진 타
일 조각
팔이 없는 인형과 사람이 없는 마을을 지나
물고기가 살지 않는 호수를 건너고 물이 없는 강을 지
나면 다다르는 곳
강철의 근골을 가진 거대한 둥지
—「Long Walk 1」 부분

장시 「Long Walk」는 스무 개의 장면으로 이루어져 있다. 편의상 시의 제목과 각 장면의 번호를 함께 써 인용했다. 장면 1의 전부를 인용하면서도 「Long Walk 1」의 '부분'이

라 한 이유는, 이 장면의 제사(題詞)와 각주에 담긴 내용까
지 겹쳐 읽어야 해당 장면을 비로소 다 읽은 셈이 되기 때
문이겠다. 첫번째 장면을 읽기 시작할 때 독자는 1864년 미
군에게 끌려간 원주민 나바호족의 끊길 수 없는 노래를 떠
올려야 한다(제사인 "대지의 영혼이 드러누워 있다/ 그 위
는 살아 있는 모든 것들로 덮여 있다"를 계속해서 상기해
야 한다). 시를 상한 무릎(wounded knee)*으로 걸어나가
듯 읽을지언정 나바호족의 노래를 의식하며 읽다보면, 어
느 순간엔 "구소련의 마지막 우주왕복선 '부란(Buran)'"이
방향을 상실한 이상(理想)의 형상으로 나타나는 상황을 맞
이하게 된다.

　앞의 시는 "버려진 자동차들과 무너져내린 콘크리트 벽
부서진 타일 조각"으로 이뤄진 도시, "물고기가 살지 않는
호수를 건너고 물이 없는 강을 지나면 다다르는" "강철의"
"거대한 둥지"가 이루는 풍경을 제시함으로써 정복과 탐욕
이 장악하려 들었던 시간이 끝내 어디로 가는지 보여준다.
자연과 더불어 살던 존재들을 문명이라는 미명하에 내쫓는

---

8) 1890년 '운디드니 언덕'에서 벌어졌던 미군과 아메리카 원주민
　의 마지막 전투이자 미군에 의한 아메리카 원주민 대학살 사건을 떠
　올리며 쓴 표현이다. 미국이 내세우는 '개척 정신'은 원주민의 땅과
　목숨을 잔혹하게 빼앗아간 파괴적이고 탐욕적인 정신으로부터 기
　인한다고 '인디언 멸망사'를 전하는 책으로는 디 브라운, 『나를 운
　디드니에 묻어주오』, 최준석 옮김, 한겨레출판, 2011 참조.

야만적인 폭력과 인간의 진보에 대한 지나친 숭배, 이 모두를 지속할 수 있다고 믿는 어떤 인간들의 자만은 유토피아로서의 미래를 시인 파블로 네루다의 표현을 빌리자면, '다 다르지 못하는 지평선'으로 만든다. 아메리카 원주민들의 머나먼 여정은 역사 속에서 종지부를 찍은 게 아니라 이렇듯 시의 입술을 빌려 오늘을 경고하는 시선으로, 혹은 이 여정 자체를 사라지게 만든 역사로부터 '떨어져나간' 자리에서 새어나오는 숨결로, 미래에도 결코 사라지지 않을 고통을 증명한다. 그러니 앞의 시의 마지막 이미지로 등장한 "강철의 근골을 가진 거대한 둥지", 그곳엔 "커다란 새"가 품고 있을 알이 놓이지 못한다. 제사와 각주의 존재를 잊어버린 (또는 잊히게 만들고자 했던) 이들은 그이들 앞에 왜 폐허가 펼쳐져 있는지 영영 알지 못할 것이다. 시가 과거를 향해 뜬 눈으로 있는 이상 "커다란 새"가 창공으로 날아오를 좋은 미래는 성립 불가능하다.

한편, 방금 우리가 시도한 읽기는 어딘지 좀 이상하다. 제사와 각주를 없는 셈치고 시 본문을 독해하기 쉽지 않은 상황이라면 왜 그 얘기는 시의 한가운데서 펼쳐지지 않고 본문의 가장자리로 밀려나 있는가. 이런 시도는 시에서 어떤 말이 중요한지에 대한 위계를 상실해버린 읽기 방식이 아닌가. 그러나 시에 접속하기 시작한 독자는 제사와 각주를 의식하지 않으려야 않을 수 없다. 이원석 시에 등장하는 제사와 각주, 인용 들이 대체로 이렇게 쓰인다. 시 본문에 등장하는 목소리가 어떻게 형성됐는지 그 기원을 건드려주는 듯 내내 배면에 도사리면서 시의 시간성을, 우리가 상정해왔던 역사를 교란시키는 것이다. 이들은 시 본문에 대한 장악력을 발휘할 수 없는 자리에서 시 본문의 목소리가 잃어버린 시간을 은연중에 환기시키며 혼미한 독서 현장을 마련한다.

　자신의 영혼이 "회로와 전선 사이를 신호로 떠다니"도록 "과거 데이터"를 "업로드"하여 "승천"하기를 바라는 (기계와 인간 사이 경계에 놓인 듯한) "무녀"의 목소리가 등장하는 「Long Walk 2」에서도, 제사와 각주로 'T. S. 엘리엇'의 「황무지」와 "커넥톰"이 등장하면서 시의 시간성이 교란된다. 미래를 향해 소원을 비는 이의 목소리가 제사에서 등장한 무녀—영생을 바라다가 "작은 새장 속에 갇힌" 채 '죽지 못해' 살게 된 이—의 소원과 교차하면서, 최첨단의 시스템이 가진 "삶을 수없이 반복 재생하면 극락에 이를 수 있지 않을까" 싶어하는 바람이 어떤 방향을 향해 갈지 짐작케 하는 것이다. 시 본문상에서 등장한 경고("과거 데이터를 업로드하여 기억들을 재생할 수 있지만 미래적 사고를 할 수는 없답니다")는 과거를 성찰함으로써 다른 현재를 만들어가려는 수행 하나 없이 그저 '장밋빛 과거'에 멋대로 기댄 채 살아가려는 이가 맞이할 미래상에 대한 경고에 가깝다. 이런 자는 진정한 현재를 경험하지 못할 것이다. 다른 무엇보다도 이를 「황무지」라는, 실험주의와 난해성으로 근대인의 실감을 표현하는 시적 언어와 기법을 개척했다고 평가받는 시를 제사로 두고 전한다는 게 이 시에서 눈여겨 봐야 할 지점이다. 왜냐하면 가장 근대적인 자리에서 반복되는 전근대적인 바람, 진일보한 미래를 바라는 자리에 등장한 퇴행적인 움직임을 시인이 놓치지 않고 불러와 '발전'이라는 환상 속에 담긴 시대착오적인 발상, 미래라는 방향을 결과적으로 잃게 만드는 과거와 현재의 과오를 분명히 짚어내고 있기 때문이다. 이는 "유럽에서 아메리카로 건너간 청교도들의 구원에 대한 희망과 결부"되어 있는 "실리콘 밸리 이데올로기", "투명성과 예측가능성, 경제적인 성공과 후원 활동"에 대한 믿음으로 "식민지 개척에 대한 중요성과 당위성"을 설파하면서 '디지털 휴머니즘'을 진행시키려는 미국의 '실리콘밸리' 활동(더불어 한국 사회에도 불고 있는 'IT 사업')에 대한 평가로도 읽힌다.* 그이들이 이룩하고자 하는 '유토피아'는 실은 청교도들의 아메리카 대륙 정복기가 그러했듯 아메리카 원주민에 대한 탄압과 착취에 기반을 둔, 자본주의 시스템에 대한 "열심과 숭배"(「오백 개의 볼트와 오백 개의 너트를 조여야 해」)로 빚어진 것이다.

시는 그런 역사가 망각하려는 이들의 생명력을 믿는 자리에 있고 싶어한다("경전처럼 기억해낼 것이다/ 닫힌 쇠문을 밀고 기억의 회목을 도는 계단을 내려와/ 모자이크처럼

9) 율리안 니다-뤼멜린·나탈리에 바이덴펠트, 『디지털 휴머니즘』, 김종수 옮김, 부산대학교출판문화원, 2020, 26~27쪽 참조.

타일 조각이 떨어진 건물 앞에서/ 구부러진 이정표를 다시
세워보고는/ 발을 끄는 길잡이를 앞세워/ 밤을 건너는 밤",
「Long Walk 3」부분). 앞서 시의 '머나먼 여정'이 종지부를
찍은 게 아니라고 했거니와, 시는 '인간의 발전'이라는 거짓
말로 축적된 역사에서 소외되고 떨어져나간 자리에 있는 이
들의 감정이 열렬히 들리게끔 한다. 인간 외의 존재를 실험
함으로써 인간의 위상을 높이려는 욕망을 가로질러가버리
는 '비인간'의 생명력이 「Long Walk」곳곳에서 발설되는 상
황은 그래서 예사롭지 않게 다가온다.

   모두가 존경하던 그가 업로드되던 날
   거대한 빌딩 크기의 메모리에는
   그의 뇌신경망이 통째로 옮겨졌다
   전문가들은 메모리가 부족하여 어린아이의 지능밖에 가
   지지 못할 거라고 했고
   유족들은 전원 오프를 요구했다

   (……)

   업로드된 그는 모니터 속에서 일그러진 얼굴로
   '엄마'라고 천천히 발음했다
                              ─「Long Walk 5」부분

낮고 낮고 길게 혹은
높고 높고 짧게 오르내리는
들숨과 날숨
깊은 곳에서 천천히 길어올리는 십억 년 전의 계절
검은 구멍의 반대편에서 받아보는
멸절된 존재의 하루
Ark 혹은 Babel의 목소리
네 이야기를 하고 싶어
내 이야기를
고막을 찢는 소나의 울림이 아닌
피가 도는 성대와 혀의 떨림
단 두 문장에서 비롯되는 마지막 이야기를
어둠 속에서 눈을 감고 천천히 곱씹어보는
이곳의 파국에 대해

—「Long Walk 6」부분

「Long Walk 5」에서 1978년 오랑우탄 '찬텍'을 대상으로
진행됐던 유인원의 언어능력 연구 사례가 각주로 덧입혀질
때,「Long Walk 6」에서 1979년 발사된 행성 탐사기 보이저
1호와 2호의 메시지 레코드에 실린 '흑고래의 노래'에 대한
설명이 제사로 덧입혀질 때, "내 이야기"를 전하는 일을 포
기하지 않으려는 이들의 발버둥이 실감나게 다가온다. 인간
의 실험 속에서 이들은 제 몸과 제 목소리에 대한 존중 없이

내몰린 존재들이다. 시는 이들이 다른 무엇이 아닌 오로지 자기 언어에 대한 충성심으로 '존재하는' 상황을 장면으로 내세운다. "일그러진 얼굴", "피가 도는 성대와 혀의 떨림"은 이들을 아무리 통제하고자 해도 이들 특유의 생명력은, 살아 있음 그 자체가 가진 존엄은 억누를 수 없음을 알린다.

2022년의 독자라면 현재 전쟁이 일어나고 있는 우크라이나의 상황과 겹쳐 읽을 수밖에 없는 "체르노빌 원전" 사고에 대한 시 「Long Walk 9」에서도 마찬가지다. 이 시는 "사랑하는 사람이 빛도 없이 타올라 재가 되는 광경"을 "내내" 지켜본 할머니가 자신의 모든 것을 걸고 사랑을 지키고자 하는 결기를, 인간의 발전과 정복에 대한 환상 그리고 그것만이 전부라고 여기는 이기심이 짓밟으려는 목소리가 꺼뜨려지지 않고 울려퍼지는 상황을 감추지 못한다. 그리고 「Long Walk 10」이라는 텅 빈 백색의 페이지에서 "섬광"이 일어났을 때, 이를 기점으로 시는 끝끝내 자기 언어에 충실하고자 하는 이들만이 맞이할 수 있는 '이후'의 풍경을 펼쳐낸다. 그러니까 대륙의 원주민을 섬멸하려 달려들어도 그이들의 노래는 완전히 사라지지 않는다는 것, 그리고 그에 대한 믿음을 무너뜨리려는 세계에서도 그이들의 숨결을 마치 "할머니의 손"길처럼 따른다면 "밤"은 "계속되"지 않고 "잠 속의 꿈"을 지킬 수 있다는 것(「Long Walk 11」), "먼저 도착한 결말"이 '모두 망한' 상황이라 해도(「Long Walk 15」) "내 마음"에 "불이 켜지는" 일이, 알을 낳지 못하리라 여겼

던 "거대한 새"가 "고개를" 드는 일이 일어날 수 있다는 것
(「Long Walk 20」). 역사에 편입되지 못한 존재들의 목소리
가 아니라, 역사에 기어코 정복되지 않을 존재들의 목소리
가 여기에 있다.

시는 떨면서 말한다. 너희 역사에 속하지 못한다는 것은
반대로 너희 역시 '나'에게 속하지 못한다는 것이다. 너희
가 '나'라는 존재가 무엇인지를 사유하기를 멈추는 한, 또는
'나'라는 존재를 비정한 프레임에 욱여넣는 방식으로 사유
할 뿐 '나'를 온전히 체험하지 못하는 한, 너희는 결코 '나'
라는 세계에 속하지 못할 것이다.

너희의 방식대로라면 너희는 '나'를 평생 알 수 없을 것
이다.

3. 시, 그럼에도 꺼뜨릴 수 없는 열정

너희 입이 시키는 대로 말하지 말고 남의 입이 말하는 대로
말해보아라.
그렇다면 너희들은 죽은, 잘못된,
공허한 종이 나부랭이에 지나지 않는 문학을 얻을 것이며,
정치와 문학을 형식적으로 다룬 형식주의적인 쓸모없는 것을
얻게 될 것이다.

그러니 시가 겪고 있는 불안은 "남의 입"이 말하는 대로 자신의 입을 움직여야 할 때 발산된다. 어디에도 속하지 않는 이가 자신의 존재를 증명할 수 있는 유일한 방안은 저 자신의 표정과 목소리를 잃지 않고 끝까지 자신의 입을 움직이는 것, 그 방법을 잊지 않고 살아내는 것이다. 그러나 이원석 시의 목소리들은 그러기 위해서는 "남의 입"과 만나는 순간의 접촉 역시 자신의 입술이 감당해야 한다는 걸 알고 있다. 알기에 더 불안한 것이다. "내 얼굴이 어떤지" "말할 길이 없"을 때(「친절한 얼굴」), 자신의 앞에 있는 "너는 이제 왜 다르지?/ 다른 너와는 왜 겹치지 못하지?" 질문하며 자신의 말에 대한 충성심을 잃지 않기 위해 만나고 접속해야 할 누군가를 가늠해야 하고(「당신만의 것」), 때로는 "어두운 그림자 숲"에서 "뿔과 나뭇가지/ 몸뚱이 위로 끝없이 떨어지는 마른 잎사귀"를 섬세하게 구분하듯 "접촉경계혼란"을 느끼며 "복종과 결박과 강박"의 태도를 분별해야 한다(「그림자 숲과 검은 호수」). 그러는 중에 "네가 화낼까봐 눈치를 보게" 되기도 하고 급기야는 '너'의 방식에 감염되어 "너의 슬픔이 내 목을 조"르는 일이(「당신의 주방」), '나'의 "혀"가 갇히는 일이 벌어지기도 하는 것이다(「잊지 않는 방안」).

---

10) 베르톨트 브레히트, 같은 책, 55쪽.

모조한 것이 진짜보다 더 진짜라고 여겨지는 시뮬라시옹(simulation)의 세계에서 "남의 입"을 따라 말하지 않는 일은 어떻게 가능할까. 모조한 것이 진짜라고 우겨도 아무도 의심하지 않는 세계에서 저 자신의 표정과 목소리를 잃지 않는 것만으로 자신의 참됨을 증명할 수 있을까. 그때, 사람들은 무엇을 진짜라고 여길까.

　이원석의 시는 자신의 입이 자신에게 시키는 대로 말하는 방법을 터득하기 위해 역으로 다른 이의 입을 떠돌기도 한다(이번 시집에서 독자가 마주한 숱한 인용들의 창조적인 역할을 떠올려보라!). 이는 "당신"을 "모조"(「로이가 로이에게」)하는 가운데 저 자신의 목소리가 어때해야 하는지 구성하는 전략이다. 시에서 '나'는 고집스러운 '너'를 끝까지 이해해보고자 애쓰면서 '나'의 위치를 가늠하기도 하고(「Run to You」), '너'가 원하는 답안을 적어나가기 위해 애쓰는 악몽 속에서 '나'로부터 진실이 멀어지는 상황을 겪기도 한다(「바닥의 맹점」). 이런 움직임이 드러나는 시들은 대체로 사랑을 열렬히 원하지만 자신이 열렬히 원한 바로 그 사랑으로부터 소외되는 이의 고립감에 대한 은유로 읽히기도 하고, 때로는 사랑이 생성되는 교집합의 순간을 찾아 떠돌면서 이 세계에서 용인되지 않았던 감정을 새롭게 학습해나가는 이의 성장에 대한 환유로 읽히기도 한다. 특히 시집 곳곳에서 19세기 소설 『프랑켄슈타인』에 등장하는 창조주 '프랑켄슈타인'과 피조물 '프랑켄슈타인'의 관계를

연상케 하는 '로이'와 '로이'의 사연이 담긴 시편들이 나타
날 때면, 모방 관계에서 어느 쪽이 성찰의 주체성을 획득하
는 편인지가 여실하게 드러난다.

　　당신을 모방하는 로이를
　　당신은 사랑하지 않는군요
　　로이는 당신을 따라하기에 여념이 없습니다
　　다를 겨를이 없는데 나의 고백은 다름이 아니오라
　　당신을 모조합니다 일생에 걸쳐
　　천천히 인쇄되는 문서를
　　당신은 반려합니다
　　사실은 한 번도 마음에 든 적이 없다는 사실이
　　도착합니다
　　당신이 빛이 있으라 하시매
　　빛이 있으나 한쪽은 더욱 캄캄합니다
　　　　　　　　　　　　　　　—「로이가 로이에게」 부분

　창조주 로이는 피조물 로이를 "사랑하지 않는"다. 피조
물 로이가 창조주 로이를 "따라하기에 여념이 없"기 때
문이다("신은 숭배자를 사랑하지 않아/ 긍휼히 여길 뿐",
「OA」). 그런데 앞의 시는 이 이야기를 피조물 로이의 입을
통해 출현시킨다. 피조물 로이는 자신이 한 번도 창조주 로
이의 "마음에 든 적이 없다는 사실"을 알고 있다. 그러는 동

시에 피조물 로이는 창조주 로이가 저 자신을 사랑하지 않으므로 자신이 만든 피조물 역시도 사랑하지 못하는 한계를 가졌다는 것도 알고 있다(시에서 "사실은 한 번도 마음에 든 적이 없다는 사실"의 주어와 목적어는 생략되어 있다. 마음에 들지 않는 대상은 피조물 로이이기도, 창조주 자신이기도 한 셈이다). 자신의 창작품을 마음에 들어하지 않는 창작자는 그이의 창작품에 저 자신의 한계가 숨겨져 있음을 은연중에 알고 있다. 그러나 창작품은 창작자가 자신에 대해 무슨 생각을 하는지 개의치 않고, 창작자의 생애를 넘어서는 시간을 살아간다. 오히려 자신이 품고 있는 창작자의 한계를 창작품 자신의 생애 조건으로 삼기까지 한다. 피조물(혹은 창작품) 로이 역시 창조주(혹은 창작자) 로이를 모방하는 바로 그 조건을 품고 계속해서 살아갈 것이다. 그러니까 모조는 때로 '나의 입'이 움직이기 위한 지난한 수련 과정이다. 사수해야 할 것은 오직 제 "이름"으로 말하고자 하는 이의 열정, 그것으로 움직일 줄 아는 생이다(「채신머리없는 말로의 말로」).

　　미래의 내가 와서 고쳐쓴 부분을 읽는다
　　이 부분은 마치 예언 같구나
　　내가 써서 그렇게 생각하게 되고 그렇게 행동했는지
　　그럴 줄 알고 그렇게 쓰고 다시 고쳤는지
　　나는 알지 못한다

미래가 와서 내 뺨을 친다
번복해

과거가 등을 토닥인다
반복해
당신은 아직도 이 계획의 전체를 이해하지 못했어
첫 줄을 완성했을 때
이미 엔딩은 정해진 것이라고

여기서 여기까지
자네가 움직여주면
대기중인 불행이 한꺼번에 덮칠 예정이네
지도를 가리키며 당신은 표정 없이 말했다

(……)

복종하지 않음으로 복종하는 나의 복종을 증명할 수 없
어서
따른다
출렁이는 녹색 병에는 위스키

(……)

엔딩과 랜딩은 한끗 차이
첫 줄을 고칠 때 이미 엔딩은 바뀌었다네
　　　　　　　─「고쳐쓰는 SPY의 밤」 부분

'5부 엔딩과 랜딩'은 마치 스파이가 잠입하는 뒷골목과 같은 장소에서 쓰인 듯한 시편들로 채워져 있다. 그래선지 '5부'의 시편들을 책 속에 외따로 자리한 또다른 책처럼 여기며 읽는 수도 있겠다. 그러나 어디에 속하지 못할지언정 제 "이름"으로 살고자 하는 이의 목소리로 이원석의 시들을 살펴왔던 우리라면 그런 방식을 아예 "고쳐" 읽는 편을 택하기로 하자. 방금 인용한 시에서도 여전히 속할 데가 없어 외따로 자리한 이의 목소리가 흥미진진하게 들려오기 때문이다. 도착할 곳을 정해놓지 않는 출발로 다른 엔딩이 펼쳐지는 일이 여기에선 일어난다. 시에서 스파이는 '과거'로 잠입하여 어디서부터 잘못된 건지 몰랐던 미래를 고쳐쓰고자 한다. "이미 엔딩은 정해진"것이라고, 정해진 세계의 룰만 잘 따른다면 얼마든지 "미래"는 보장된 것이라고 강요받은 믿음과는 다르게, "미래가 와서" 스파이의 "뺨을 친다". 스파이는 다르게 암약하기로 한다. 그러니까 "고쳐쓰는" 일에 헌신하기로 한다. "엔딩과 랜딩은 한끗 차이"임을 알고, 쉽게 의심되지 않는 발전 서사에 암약하여 "첫 줄"부터 고쳐쓰고자 한다. 엔딩을 바꾸기 위해서. 엔딩에 이르러 제 "이름"으로 말하기 위해서. 결국 저 자신의 목소리를 살려내기 위해서.

이 모든 활동을 이원석의 시는 떨면서 한다. 우리는 시의 목소리가 '떨고 있다'는 것을 기억해야 한다. 왜냐하면 이 시는 긴 세기 동안 이어진 이야기로 이루어져 있기 때문. 그리고 거기에 속하지 않았던 이들이 다시 긴 세기의 이야기를 새로 쓰고자 하는 속에서 개시된 시이기 때문. 긴 세기가 성스러움을 위장하여 많은 살아 있는 목소리를 배제하고자 할 때, 배제된 이들은 긴 세기가 결코 알지 못하는 방식으로 다른 역사를 개시한다. 다른 처음을 개시한다. 처음부터 다시 '처음'을 새기려는 이가 가진 감정은 떨림, 그러니까 폭발이 내장된 열정임은 당연하다. 우리의 응원은 그 떨림에, 떨면서도 그치지 않는 열정에 바쳐져야 할 것이다.

이원석 2020년 서울신문 신춘문예로 등단했다.

— 문학동네시인선 173
엔딩과 랜딩
ⓒ 이원석 2022

— 1판 1쇄 2022년 6월 30일
1판 3쇄 2024년 9월 10일

지은이 | 이원석
책임편집 | 이재현
편집 | 강윤정 김민정
디자인 | 수류산방(樹流山房) 본문 디자인 | 유현아
저작권 | 박지영 형소진 최은진 오서영
마케팅 | 정민호 서지화 한민아 이민경 안남영 왕지경 정경주 김수인 김혜원
　　　　김하연 김예진
브랜딩 | 함유지 함근아 박민재 김희숙 이송이 박다솔 조다현 정승민 배진성
제작 | 강신은 김동욱 이순호
제작처 | 영신사

펴낸곳 | (주)문학동네
펴낸이 | 김소영
출판등록 | 1993년 10월 22일 제2003-000045호
주소 | 10881 경기도 파주시 회동길 210
전자우편 | editor@munhak.com
대표전화 | 031) 955-8888 팩스 | 031) 955-8855
문의전화 | 031) 955-2696(마케팅), 031) 955-1920(편집)
문학동네카페 | http://cafe.naver.com/mhdn
인스타그램 | @munhakdongne 트위터 | @munhakdongne
북클럽문학동네 | http://bookclubmunhak.com

ISBN 978-89-546-8661-7 03810

www.munhak.com

문학동네